유루 무루

장석원
2002년 『대한매일』 신춘문예를 통해 시인으로 등단했다.
시집 『아나키스트』 『태양의 연대기』 『역진화의 시작』 『리듬』 『유루 무루』, 산문집
『우리 결코, 음악이 되자』 『미스틱』 등을 썼다.
현재 광운대학교 국어국문학과 교수로 재직 중이다.

파란시선 0083 유루 무루

1판 1쇄 펴낸날 2021년 8월 30일
지은이 장석원
디자인 최선영
인쇄인 (주)두경 정지오
펴낸이 채상우
펴낸곳 (주)함께하는출판그룹파란
등록번호 제2015-000068호
등록일자 2015년 9월 15일
주소 (10387) 경기도 고양시 일산서구 중앙로 1455 대우시티프라자 B1 202호
전화 031-919-4288
팩스 031-919-4287
모바일팩스 0504-441-3439
이메일 bookparan2015@hanmail.net

ⓒ장석원, 2021, printed in Seoul, Korea

ISBN 979-11-91897-00-5 03810

값 10,000원

유루 무루

장석원 시집

시인의 말

꽃을 포식하며 그 몸이 지나간다. 눈뜨자 꽃그늘 속에서 나비가 나타났다. 점멸하는 나비, 나풀거리는 꽃잎, 나비를 삼킨 꽃의 입술. 그 사람, 조금 전에 부스러졌다. 나비의 날갯짓조차 소음이다. 눈 감자 나비와 나와 꽃이 먹힌다. 고요가 포만하다. 이생에 이별하고 후생에 연인으로 만나겠지만 이것을 이별이라 한다면 나는 이별하지 않으리 더 깊게 파헤치리 이별을 위해 나를 분할하리. 아무것도 아닌 나의 재생을 위하여 사랑은 절며 절며 이곳으로 건너왔지만 그 사람 나에게 들어왔지만 진달래처럼 나를 할복한 사람. 내장이 없어서 나는 울 수 없었다. 마른 비명 꽃을 삼켰다.

차례

시인의 말

0

요령 소리 - 15

울어라 천둥 - 17

몽유(夢遊) - 18

출발하는 얼굴, 도착한 뚫린 몸 - 19

폴리리듬(polyrhythm) - 21

곽공(郭公)처럼 - 27

훈육과 훈제 - 29

오토매틱 - 31

실천과 극복 - 33

바늘처럼 눈빛이 묻었다 - 35

네 개의 눈을 가진 기계 - 38

환후(幻嗅) - 41

붉은 먼지로 으스러질 때까지 - 43

1

압흔(壓痕) - 47

목간(木簡) - 48

버드나무 목간 - 49

비명(碑銘) - 50

절단 - 56

솔직한 과일 - 58

쓸쓸한 진통제 - 60

춘분(春分) - 62

작약(炸藥) - 64

캠브리아(cambria) - 65

밤의 측지선(測地線) - 66

검은 항적(航跡) - 67

| | - 70

갈애(渴愛) - 72

영벌(永罰) - 73

2

적수(赤手) - 77

분비 - 78

방혈 - 79

식자(植字) - 80

적구(赤狗)처럼 - 81

몽혼 - 82

빙폭 - 84

동심(冬心) - 85

지뢰 - 87

수골(收骨) - 88

성묘 - 89

밀봉 - 91

3

고아의 비탄 - 95

나의 영혼은 그녀에게 저항할 수 없다 - 97

검은 경전을 펼치다 - 100

환(煥), 환(歡), 환(喚) - 102

폐멸 - 105

빈방의 햇빛 - 107

살아야지 - 108

4

초록 전체주의 - 113

단치히(Danzig) - 114

곡산에서 대곡으로 - 117

런 라이크 헬(run like hell) - 119

장맛비와 지게차 - 121

리얼리티 - 123

뜨거운 살로 퍼덕이는 - 124

이렇게 하는 것은 강건할 수 없고 이렇게 하는 것은 더 이상 강건
할 수 없고 - 126

면도 - 128

아니면 - 129

상호 의존적인, 경험, 물방울, 사람 - 131

생활세계 - 133

KGB 물류 그룹 노란 트럭에 실려 씩씩대는 짐들과 듬직한
일꾼들 - 135

이접(離接) - 137

위생의 저녁 - 139

무감각 - 141

크레모아 - 143

리얼 띵(real thing) - 145

Tempus fugit, amor manet - 146

5
01
붉은 입추, 사람을 만나기 좋은 날 - 153
시멸(示滅) - 154
이곳은 끝나는 곳 눈을 뜨는 곳 얼굴이 펼쳐지는 곳 - 155

02
나는 카메라이다 - 159
그때 나는 누구를 기다렸나 - 160
메탈릭 레인(metallic rain) - 161
독송(讀誦) - 162
발정기의 새처럼 소란하게 - 163
가좌동 - 164
종점 - 165
88 - 166
폐허에 비 내리네 - 168
정군비어에서 아파치까지 - 169

03
나는 카메라이다 - 173
5미터 상공에서 멈춘 고폭탄 - 174
8월 8일 - 175
8월의 비 - 176
8월의 빛 - 177

뉴마(pneuma) - 178

업을 깨끗이 - 179

사랑의 궁극에 내가 없다 - 180

모든 것을 한 몸으로 생각한다 - 181

04

나는 카메라이다 - 185

아뇩다라 삼먁 삼보리 - 186

고해 - 187

사랑의 힘 - 188

어둠의 힘 - 189

나는 애물 - 190

불치(不治) - 191

선근(善根) - 192

달빛 기사와 춤을 - 193

한 사람만 사랑하겠어요, 어떻게 부부가 되겠어요 - 194

교수(絞首) - 195

달래나 주지 달래나 - 196

단-멸-도(斷-滅-度) - 197

05

나는 카메라이다 - 201

집착 없는 아름다운 행동 - 202

동의어, 배치 - 203

무모하다 사미(沙彌)여 - 205

가리왕(迦利王), 쉴 새 없이 당신이 - 206

악과 곡 - 207

파경 - 208

사랑은 덧없이 끝나고 - 209

망질(望秩) - 210

동통(疼痛) - 211

잔디 잔디 금잔디 - 212

염송(念誦) - 213

위엄 있는 그 모습 고요하네 - 214

아상(我相), 수련 잎에 떨어지는 빗방울 - 215

이별 후의 이별 - 216

해설

조대한 몸으로 쓰는 고통의 사제 - 218

0

내가 몸에 지핀 불꽃
열(熱) 없는 불꽃

요령 소리

그 사람
죽음 피하지 못하네

사랑할 때
발개진 얼굴 쟁강거리는 눈빛
오늘보다 아름다웠는데

그 사람 나보다 먼저
돌아가는구나 날 못 박아 놓고

못 간다 못 간다
나를 두고 못 넘어간다
산령 높아 갈 수 없는데
그 봉우리 밟고 그예 사라지네

발 없는 구름
연짓빛 노을
해 진다 서산에
해 빠진다

내가 잡아맸는데
서산 너머로 해
빨려 든다
서녘 미어진다

울어라 천둥

몸 버리고
떠난 그 사람
염하는데

그 몸 두고
차갑게 우는
꽃의 봄

火木의 재
묻은 구름
피네 나의 피네
피네 피네 하늘에
불꽃

꽃 내
묻은 그 몸
훨 훨 날아가네

몽유(夢遊)

　자정에 뛰어내리기로 마음먹고, 환복하고, 지갑과 담배를 챙기고, 갈 곳이 있기나 한 것처럼, 내려선다, 착지까지 3초

　젖빛 하늘에, 펄럭이는 그림자

　심야의 방문을 기다렸던 것처럼, 식탁 위에 매달려 있는 낮은 조도의 전등을 켜고, 술잔 두 개를 놓고, 술을 따라 주고, 작별 인사는 했는지 물어보고, 찾아온 이유가 그리움 때문이냐고 물어보고, 자고 가도 좋다고 말하고

　밝아지는 사람

　그러나, 체온이 너무 낮고, 결정적으로, 내가 없다는 것, 오래전에 깨졌다는 것, 아무도 나를 사랑하지 않았다는 것, 나는 사랑받고 싶었는데 그 사람은 나를 선택하지 않았고 나는 버려진 것이었고, 그렇다, 절단, 한 발짝 더 나아가려 한다, 촛농처럼 머뭇거리는, 나는, 영원히 허공에 붙들린 자

출발하는 얼굴, 도착한 뚫린 몸

당신이
당신이 많아서
당신이 많아서 나는
당신이 많아서 나는 아프다

    돌아온

당신이 많아서 나는 아프다
많아서 나는 아프다
나는 아프다
아프다

*

조용히 부푸는 버드나무
처럼 끓어넘친 아픔이
더 아픈 곳으로 간다

당신을 복중(腹中)에 매장하고
아프다 아프다 아프다

침몰한다

*

　당신 때문에 아픈데 당신은 나를 버리고 깊은 곳으로 이주했지만 그곳에서 아픔이 당신을 개어 버릴 때에도 나에게 돌아온다고 말하지 않겠지만 돌아만 온다면 나는 당신을 아프게 안겠지만 그때 당신은 나에게 찔려 천공이 될 것이다

　말라 죽은 미루나무 같은 몸 나를 지나네

　당신이 많아서 아프다

폴리리듬(polyrhythm)

　이슬비 부유하는 거리 잿빛 겨울바람 다가선다 사람들
이 사라진다 눈 속으로 들어와서 호흡으로 증발한다 그들
이 내게 말을 건다 나를 건드린다
　그들의 언어를 채집한다 그들에게 동화된다 나를 지
운다 그들이 날 만들었다 날 태어나게 했다 거리에서 겨
울 거리에서 뒤돌아본다 날숨만 남은 나는 낡은 허공이다

울 줄 아는 것
눈물을 참으면서 노래할 줄 아는 것
절망을 녹여 내는 것
끓는 저주를 사랑 위에 쏟아붓는 것
반드시 절제하면서

*

　어둠 속 너를 만난다 너를 사랑하고 아파한 나는 너를
너를 만들어 낸다 나는 너를 나는 나는 너를 만진다 저녁
의 푸른 낮이 낯설다 낯설다 침묵과 고요와 고요와 휴식
과 사멸을 음미할 시간이 시간이 다가온다 먼 먼 바람이
날 날 부른다 거기 누가 있을까 있을까 거기 누가 누가 날

부르고 있을까 길 끝에서 사랑을 기다린다 기다린다 나는
머무는 나는 머무는 음악 너의 눈빛이 날 만들었다 너를
잃고 우는 너를 잃고 우는 저녁 저녁이 내게는 아름다운
고통이었다 고통이었다

거리의 불길
도로에 흥건한 피
생존자들
죽지 않은 우리들
춤춘다

*

    네거리에서, 시장에서, 그대를 본다면, 다시, 그대를 만
난다면, 그 거리 그 시간으로 돌아갈 수 있다면, 그대에게
다다르는 구름과 바람이 나 때문에 길 잃을 때, 멀리 떠
나간 나는 돌아볼 수 없고, 서서히 썩어 가면서 노래하면
서 할 수 있는 일, 오로지 불패, 그대를 찾아 날아가는 나
의 작은 새에게 나의 작은 절망에게 나의 차가운 사랑에
게 밀려드는 불빛 앞에서, 그대를 잊었노라 그대를 지우

노라 다짐하는데 한 그루 나무가 되는 나는, 지나는, 그대
를 바라보는데 멀어지는 그대를 붙잡는 나는 나는 바람인
데 그대를 물들이는 두려움 내가 실어 보낸 그리움 그대
를 애무하는데, 그대는, 발갛게 달아오른 불빛, 그대, 실
체 없는 기다림

*

　액체라고 말하는 순간 육체는 번만해지고 비중은 무
거워지며 경도는 약해진다 나는 용해된다 액체가 된 내
가 슬프다고 말할 때 바람은 좌우대칭으로 배열되고 내
가 아프다고 말할 때 나의 어리석음은 액체가 된다 가까
운 것은 크고 먼 것은 넓다 출렁이는 액체가 나를 지운다
수면에 비치는 눈과 코와 입술과 귓바퀴 그리고 가라앉
은 머리카락
　공포 쪽으로 움직이는 나의 액체

나는 마시는 사람이다

*

몸 안에 맴도는 바람을 그대는 무엇이라 칭하는가 그대
의 낯에 스며드는 나의 빛을 그대는 사랑이라 부르고 나
는 단절이라 말하지만
　빛나는 영혼은 멍들지 않는다 온몸에 시퍼런 눈동자들
그들이 만든 눈동자들 나를 휘둘러보는 그대 온몸에 이파
리 같은 핏자국 꺼지지 않는 나의 눈동자 불꽃

*

　사랑이 떠나갈 때, 실버들 늘어질 때, 그 사람, 지워진다
사라지는 그 사람에게 나는 명령한다

　돌아오라

　꿰뚫리기, 혼합되기, 움직이기, 귓갓길의 석양 속에서,
나는 갈라진다, 차갑다
　흔들리는 찻간에서, 창문을 세상의 눈이라고 여긴다
　그 사람 지나갔다

없는 사람을 있다고 생각하고 없는 그를 어루만지는 일

거리를 흡입하는 대기
내가 본 것은 껍데기
결핍이여

세계의 불변 속에서
진리를 알고자 했으나 실패한 나는 괴멸에 대한 아지
프로

나는 존재한 적이 없고 나는 사랑의 주체가 된 적 또한
없다

*

당신 빗방울, 고이는 당신
내 몸은 당신을 담는 용기

사랑도 당신도 넘친다

떠나라, 떠나라, 흘러가라,
거리를 지우고, 너머 너머로

곽공(郭公)처럼

나의 사람이여

당신 당신이 지나간 자리에 생긴 구멍 구멍이 달처럼 커
지면 커지고 또 커지면 커지다가 터져 버리면 매일 또 매
일 그 구멍을 가득 가득 채우고 흘러 흘러넘치고 넘쳐 내
몸의 틈이란 틈마다 틈틈마다 스며든 내가 슬퍼하지 않도
록 짙고 짙은 맑고 맑은 새봄 새봄 오후의 꽃나무 나무 나
무 나무 그늘 아래 거느린 늘어뜨린 느린 향기보다 깊게
파고드는 체취 체취를 끊김 없이 깊게 더 깊게 나의 흉중
에 불어넣어 주세요

나의 힘이 되는 사람이여

나를 뿌리쳐 주세요 더럽다고 말해 주세요 무서운 말끝
에 당신은 왜 나의 가슴을 부여잡나요 걷고 걸어 귀가하는
동안 어둠은 짙어졌는데 밉기도 해라 따스한 그 몸을 맘대
로 다루어도 나는 기쁘지 않아요 아직 당신이 날 사랑한다
는 증거를 몸에 새기지 못했어요 너는 내 것이라는 화인
이라도 받겠어요 기꺼이 당신의 태형 기둥에 묶이겠어요

붉게 이글거리는 나의 사람이여

외롭고 힘없어 힘없어 말없이 우는 나를 당신 당신이 세

게 거세게 더 세게 안는다면 안아 준다면 삽관한다면 나는
영원히 영원히 당신의 더운 품 더 운 얼굴 파고드는 흘러
내리는 포옹과 눈물 포기한 옹을 사멸 가까워진 옹을 옹관
에 넣듯이 겁 많은 새가 둥지에 들어가듯이 몰래 몰래 몰
래한 사랑 알로 알로 돌아가겠어요 나뭇잎 가지 가지 넝
쿨 거친 잠자리 잠자리 가시 가시에 내 가슴팍 쓸려도 사
포 같은 바람의 혀에 긁히고 긁혀도 나는 당신의 둥지 속
에서 잠들고 깨는 어린 새 버려진 새가 되어 당신 품을 품
을 파겠어요 나를 묻고 메우겠어요

훈육과 훈제

―코뿔소 피아노

    뼈는 기립, 근육은 이완. 자세 바로. 바람이 몸에 들어
찬다. 아직 살아 있구나. 순종하는 자. 너의 쾌감을 소리
로 표현하라. 죽이고 싶다. 들끓음. 안기고 싶다. 애욕.
가―학―피―학 결합. 가피(痂皮). 학학(殼殼). 애와 증의
변증법. 일자(一者)여 귀환했구나. 바람 일자 길을 잃고 말
았네. 같이 보냈던 모든 시간이 역겨워. 진실이 아니라는
것을 알지만. 그 말은. 정작. 내가 해야 했던 말. 잘 길들여
진. 잘 잘 조련된 몸. 나에게. 착 감기는 옷 같은. 연착한 너
의. 몸이라고 말했지. 일어서. 앉아. 엎드려. 박아. 48회.
몇 회. 8회. 8회. 체조 : 신체 연주. 교관 : 단체 조련. 나
와 너는 한 몸. 유격(裕隔)은 없다. 실제 상황이다. 감정교
육 시작. 군림하라. 작동. 잘되는. 조교가. 되자. 한 발밑.
오른뺨에 닿은 흙냄새. 연신 연신(延伸)하는 연신(煙燼). 해
야. 해야. 떠라. 해야 하는 자의 우아한 연속 동작. 모여
피우는 담배 연기 버섯. 창궐. 벗어. 벗어나. 벗어 나. 배
후에서 지켜보며. 후후(煦煦). 집단 목욕. 후. 복귀하는 저
녁. 피아노는 석식집합처럼 달려온다. 피아노는 쇠돌이처
럼 튼튼한가 봐. 손가락은 멈춘. 적도. 몸에서 떨어진. 적
도. 없다. 적도(赤道)⋯⋯ 적도(赤桃)⋯⋯ 적도(敵徒). 나를
안아 준다. 깊게. 끝까지 들어갈게. 후두부의 압력. 가젤이

29

눈물을 흘린다. 툭 떨어진다. 일어서지 않으면. 먹힌다. 갓 태어난 새끼. 부드러운 먹잇감. 시작되자마자. 일생이 사 라 라 라 라. 진다네.

오토매틱

들어가서
너의 박동을 듣고
너의 부드러운 장기를 익히고 싶다

네가 기울자 나는 자세를 바꾼다
아픔이 관절을 가로지른다
간주곡 시작된다

네가 밑에 자리 잡는다
두족류가 공중에 떠다닌다
맹목적인 허기 얼부푼다
너를 붙들기 위해 빨판을 내민다

리스페리돈, 명랑하게 사랑하기 위해 필요한 것

내 몸에 새겨진 것⋯⋯ 응달에 놓여 있는 물티슈, 등나
무꽃이 뱉어 낸 향기, 욕조에 찰랑거리는 미온수, 유리에
들러붙은 날파리, 질편모충, 20리터 쓰레기 봉지

평온과 쾌락

내부를 갉는다
느리게 퍼지는 곰팡이

실천과 극복
—스프링 피아노

실재할 뿐이지

　날 보러 돌아온 꽃은 자연의 순환은 그러하지 우리는 태
양을 공전하니까 생명의 화학적 원리는 간곡한 곡간 같은
관념은 고분자 중합체 의식은 어디서 출현한 것일까 너는
조작된 계약 아닐까 봄의 기호들 만연하지만 몸 안은 뿌연
안개 피아노의 힘으로 달리자 달려서 꽃이 되자 달리니까
달리니 욕정이 모자라요 모자라면 쓰라니까 쓰라리니까
쾌지나 칭칭 쾌지나 컹컹 떨치고 일어서서 주먹 쥐고 부르
르 고개 까딱이는 너와 나는 한 덩어리 피아 식별 불가 우
리는 서로를 연주하는 피아노 체조하는 피아노 입 벌리고
치열을 두드린다 꽃잎의 낙하 속도를 고민하는 봄의 척도
없는 관용 보고 싶다 너를 열고 싶다 너를 보고하고 싶다
이 사랑을 열어 보고 하고 싶다 따스한 봄의 살을 삼키면
다디달겠지 냄새 많은 몸이니까 내가 피운 꽃 냄새니까 전
우의 시체를 넘고 넘듯 전진하다 보면 도달할 수 있지 않
을까—않겠지 절대로—홀씨 나의 씨앗들 브라운 운동 부
드러운 운동 나와 너의 보드라운 엉킴 봄빛 눈부시네 쾅
쾅 너는 내 몸을 두드리고 가볍게 피아노 점프 나의 음표
꽃다발 점프 날리네 꽃잎 몸 위에 떨어지네

남겨질 뿐이지

바늘처럼 눈빛이 묻었다

*

　나는 나를 포기하고 나를 사랑하는 사람을 버리고 나
와 그 사람은 끝난 사랑과 다가올 사랑 때문에 구원되겠
지만 사랑은 날아와 꽂히는 총알이고 그 사람은 무한궤도
가 허공에 남긴 추상적 선분이고 내 가슴의 탄흔일 뿐이고

　쌍쌍이란 무엇이고 한 몸이란 무엇이고 반려란 무엇인
가 이것들의 결합이란 도대체 무엇인가 그 사람이 나의 체
온과 습기를 사랑할 때 나는 그 사람 어깨에 떨어지는 불
빛을 사랑한 사람

　서로의 콘크리트를 지탱하는 뼈들 경동맥을 누르는 손
　잡초가 범람한다 온몸이 뒤덮인다
　즙액의 냄새

*

　그 사람을 사랑해서 그것까지 했는데
　그것이 불능이다

세계는 연소 중이다

사람은 군중 속에서 그 사람을 포착하고 사람은 가족의
거주지에서 그 사람을 끄집어내고 사람은 그 사람을 올가
미 씌워 공중에 매달고 사람은 그 사람에게 사랑한다고 고
백하지만 그 사람 그 말을 들을 수 없네 오래전에 말라 버
렸는데 바람이 입 벌려 먹어 치웠는데

그 사람의 몸에서 은색 빛줄기가 찬란하게 발사되었을
때 그 사람이 가장 아름다웠을 때 그 사람 내 것이 되었네

*

얼굴을 드나드는 것들, 범접하는 다른 것들, 눈구멍에
움츠린 이리들

*

그 사람의 목소리로 말하는 나는 누구일까

내 몸 안에 살고 있는 다른 사람은 누구일까

그 사람을 뚫고 나오는 것, 다른 몸과 몸들

우리는 서로를 통과하는 중이야

그 사람의 복수(腹水), 팽만한 눈알 밖으로 날아가는 새

*

내 사랑은 너무 커서 그 사람을 용서할 수 없어
그 사람 너무 커져서 날 사랑할 수 없어

네 개의 눈을 가진 기계

1

줄곧, 급하게, 서슴없이, 규칙적으로, 표피부터 시작해서, 비치게 저미는 회칼
가로 절단면 차갑고 투명하다

잘린 채 말한다
아무것도 아닌 내가 마땅히 받아 내야 할 처벌
그 사람을 위해 자멸하고 싶다
그 사람이 원하니까

토치 불꽃 껍질을 태운다

2

그 사람에게 말한다: 너희 돼지들이여, 계속 엉겨 붙어라, 내가 무슨 상관인가? 너희 돼지들이여, 상간하라

그 사람이 말한다: 내가 했던 모든 것은 그럴 의도가 아니었고, 사소했고, 지금은 잘못이지만, 그땐, 아니었고, 그

때는 모두 그렇게 했고, 사랑했기에 오랫동안 내연을 유지했을 뿐이고, 비도덕적이지 않았고 때리거나 뺏지도 않았고, 우리는 깨끗하게, 사회적으로, 잘 마무리했고, 서로를 이해하고 아끼고 잊지 못하지, 그것이 인정이고 의리니까, 나는 너를 배신했지만 너를 사랑했던 것이 분명해, 지금도 너를 안고 싶어

뒤에서 거대한 계획의 자주포가 근접하고, 그 사람 고통 없이 추락하고, 연사(連射)하고

나는 말한다: 너희 말랑한 모리배들, 그것이 최상이니 잡아먹기 전에 맘껏 즐겨라, 어두운 사자들이 기다린다, 너희들 기진할 때

3

내장이 다 보여, 증기가 되어 너에게 스며들고 있어, 너를
만지고 너는 머리털이 젖을 때까지, 곱게도, 땀을 흘리지
너는 투명한 물고기야

나는 내 소화기관에 묵직한 총신을 느끼
고 내 다물은 입에 매끈매끈한 총구를 느낀
다 눈을 감으며 한 방 총탄 대신에 나는 참
나의 입으로 무엇을 내뱉었드냐

(李箱, 「烏瞰圖—詩第九號 銃口」)

4

더 조용해질 것이고, 나는 빙결될 것이다
내부의 추위 덕분에 타워크레인처럼 조용히 버팅긴다

거울 속의 나는 불사조에 가깝다 내 꿈을
지배하는 자는 내가 아니다 포옹조차 할 수
없는 두 사람을 봉쇄한 거대한 죄가 있다

(李箱, 「烏瞰圖—詩第十五號」)

환후(幻嗅)

저녁의 문양. twilight zone. 저미는 자의 노래. 고여 있는 것. 경직되는 그것. 둔기의 타격 같다. 가망 없는 하루. 전염의 풍경. 파괴할 수 없는 세계 속에서 내가 뭉그러진다. 이것은 닫힌 몸을 침입하는 균주.

그 사람 지워지자 건초 내음 환하다. 그 사람이 남긴 기억의 멸균 처리. 분절과 세절. 죄송합니다, 잘못했어요, 다시는 안 그럴게요. 어린아이가 벽 너머에서 운다. 목구멍에 울음소리 우글거린다. 눅진한 공기 속에 뎅기열 같은 네가 머무는 것 같아.

누군가의 피가 들어왔으면 행복했을까. 나를 내리바수는 비루한 사랑 이루어졌던가. 빈 몸은 채워지는가. 봉분 속으로 바람이 들어온다. 그 사람의 몸 채워진다. 떠나 버린 사람, 찾아온 이유가 있을 것이다. give it up.

안에서 다른 몸이 생성된다. 열꽃 불꽃. 얼룩과 얼룩이 화합한다. 쩍쩍. 도달할 수 없는 그날 그 거리의 무한 이별…… 나는 나를 부정해 나는 나를 타박해 나는 나를 소비해 나는 나를 먹고 싶어 나는 나를 찌르고 싶어 나는 나

를 타기해

붉은 먼지로 으스러질 때까지

나는 식물이고 침입자이다

익사하는 느낌
그 사람 속으로 들어가서 밖을 내다본다

그 사람은 나를 조르고 나를 가쁘게 하지만 나는 그 사람의 욕망을 학습하고 그것을 압도하며 그것을 항상 기뻐하고 치유 재생 능력 때문에 죽지 않고 살아나는 그 사람을 철저하게 즐기고 있는 중이야 권력이 있으니 관계를 즐길 수밖에…… 내가 그것을 먹으리라

그 사람 영생할까?

나는 미치지 않았지만 미친 얼굴을 부착하고 그 사람에게 으르렁거리고 다른 날 머리 먹히고 꿇어앉아 비애를 구걸한다 가끔 예언이 이루어지기도 하지만
신이 보낸 사자처럼 그 사람은 끊임없이 힘을 부여받고 돌아와 나를 범―이 되게―하고 범이 꿈마다 나타나 나를 물어 가고
나는 그 사람이 예상한 것보다 배가 부르고 그 사람은

물어뜯고 씹으라고 늙은 몸을 나에게 던진다

두개 없이 떠다니는 사람

성대 없이 혀 없이 운다

따스한 뼛가루 항아리에 담는다

가시가 생긴다

er(e)adic(c)a(t)te

열이 난다

1

얼굴과 흑혈

압흔(壓痕)

창문으로
나는 쏟아진다
눈동자가 그림자를 삼킨다

모든 것이 똑같지 않나요
오래전부터 나는 나였지만
복수를 이루려 이 자리 지켰지만

그때부터 마음속에 영근
당신이라는 폐포
페퍼포그처럼 징그러워요

따스한 내장 안에
문어

가르자 당신이 쏟아진다

이마에 화인(火印) 찍는 노을
늙어 부스러지는 자여

목간(木簡)

벌써

박주가리 무성하네

그가 보낸 나비

날개 펴지 않고

가을 지나고

거짓말이라도 하지
온다는 말
하지나 말지

하려거든 한 번
더 해 주지

나에게
돌아오기 위해
그 사람 떠난다는 전갈

버드나무 목간

머리 풀고 호곡하는 나무
후두 너머로 빨아들인 숨

그 죄를 복기한다
나뭇잎 표창 날아간다
살갗에 울음 새긴다

줄기 아래 늘어진 그림자
느리게 구부러지는 사람

흔들리는 내 몸통 앞에서
당신이 울고 있다

흑암에서 퍼져 나오는 소리
올가미 조인다

비명(碑銘)

바람이 불자 불이 일었다
바람은 만물의 끝이며 시작이다
바람 앞에서 나는 썩기 시작했다
바람이 8일 동안 불면 벌레가 나타난다
—『설문해자(說文解字)』

나는 나를 죽음으로 데려간다

어둠의 사타구니 밑
불빛이 들어온다

8월의 저녁
입속으로 나는 돌아간다

두려움이 부푼다
별빛 가득한 밤

내부와 내부에서 시작된 것
나는 보지 못했고 숨 쉬지 않았고 울지 않았다

분절 없는 비명

찢어진 침묵

선재(先在)한 자여
나를 결박한 소리

태어나기 전부터
대기 속의 햇빛처럼 흉중에
당신이 고여 있었다

어떤 이별은 십수 년 후
후회와 동시에 시작된다
손발이 불꽃에 휩싸인다

당신은 어찌하여 나를 버리셨습니까

나의 죽음 이후에
음악이 시작된다 음악이 점령한다 음악이
그날의 내 몸을 찢어발긴다

사랑에는 주체도 객체도 없다

—이것(you)은 사실이 아니다
—이것(you)은 거짓도 아니다

저주에는 고구도 투시도 없다
나는 덫에 걸린 먹잇감
벌거벗은 몸으로 철퇴
맞는다 무릎 꿇는다

초승달 갈고리
가슴을 뚫는다
그날 나는 불탔다

음악이 몸에서 빠져나와 불꽃이 된다 당신이 돌아왔고
나는 스르르 열린다 당신의 본질은 폭력이다
청원과 증오는 몸을 맞대고 있다

찌른 자와 찔린 자가
한 침대에 누워 있다 이것은 현재의 구성
사랑을 주는 자와 사랑을 받는 자가 선망하는 것
죽음이지만 사랑하는 자들이 죽음에서 돌아오는 일 없

었으므로

찬란한 교습
반복된다

나는 하지 않았는데 (do it do it)
당신의 행위로 나의 죄가 탄생했다 (retry it)

당신의 몸 파고들어 벌레가 될 것이다

서로를 주고받는 동안 우리는 신음한다

부푼 엉덩이 아래로 쏟아진 결말

긴, 빈, 기관들

밤의 동굴 속에서
음악의 몸 안에서
인간의 입 너머로
몸의 곳에서 피가 휘도는 가슴으로

대지의 흉곽 끝으로
태양이 지는 곳으로

나는 눈꺼풀 아래로 목덜미
아래로 명치 아래 먼
암흑 속으로

무너져 내린다

그날 우리는 파도와 모래처럼
서로에게 들어차서
전체 기관을
열로 채웠다

그리하여 인과 없이 오가고 씹어 넘기고 쏟아져 내리
고 타고 오르는 기쁨에 벌어지고, 바람 들썩이고 해 할퀴
고 해안선 걷어 내고 엉키고 섞이고, 이전의 사물과 이
후의 별들과 주름진 살갗과 이름마저 지우면서 흰 거품
이 되었다

나는 하늘로 뛰어내린다
번개가 꽂힌다

불타는 생목

나를 이끈 것은 미만의 슬픔

절단

꺼진 가로등
달빛 산포되는 철로
횡단하는 그림자 속에
쥐들 찍찍거린다

차단기 내려오고
차단기 안면을 등분하고

이곳, 비틀린다
이곳, 사라진다
이곳, 메워진다

과거가 낮의 절반을 쥐고 있다
당신이 내 얼굴을 잘라 냈다
당신이 절반에 들어찬다

망령의 명령
혹령의 증명

세상의 모든 거리를 지나왔지만

나는 당신에게 돌아간다

솔직한 과일

창밖의 빛을 끌어당겨
탁자 위를 밝힌다
나는 당신을 이곳으로

우리는 캔버스 안에서
동시에 눈을 뜬 우리는
울고 있는 다른 사람

목마름 속에서
부풀어 풀어지는 푸르러지는
정물의 창백한 기다림

응축된
피(皮) 속의 살
사건들 압착 사건들 동시 발생
쪼개기 전에 벌리기 전에 지퍼를 내리기 전에

육(肉) 속의 즙(汁)
내부가 환해진다
쿨럭이는 내장

속 작은 불꽃

먹을 수 있다
식탁 위
과육의 붉은 기하(幾何)

쓸쓸한 진통제

떠난 후
가슴에 당신을 묻었어요

와서 파요
더 깊게

삽
삽 삽
삽이 필요해요
삼킨 흙 흙 흙 파요
어서 파요

드러나는 눈동자

삽 삽 삽
파내네
더 운 당신을 파네

파
파 파

60

파파 파요
파내요 다 파내요

파 줘
더운 나를
파 더 파 더

내가 혀를 갖고 있다면
당신에겐 귀가 생길 거예요

춘분(春分)

—

여태 신념 하나는 지키고 있는 것

망각이 비등한다 악마의 숨소리 같은
과거의 소음 나를 지탱한 것들의 빠른 부패

오늘 사랑은 계류유산되고
사장(沙場)의 질식한 고래처럼
우리는 귀환할 수 없다

내가 초대한 악령
나의 몸을 강탈한 자

흑조(黑鳥)의 부리
하지 않겠다는 슬픈 인내
베개 위 당신의 머리카락

이것은 운명이 아니다

오래전
살기 위해 다른 생물을 먹고

최선의 시스템으로 노동했지만
그동안 죽음을 잊고 부끄러움도 잃고
절반을 투기한 것

긍지의 빛은 어디에

작약(炸藥)

개업 축하 풍선과 순대 좌판과 전도사의 메가폰을 지나
모퉁이에서 당신이 돌아 나온다

햇빛 절벽을 허무는 이팝
후드득 뒤집히는 이파리
이파리 햇빛을 물어뜯는다

퇴근하는 당신에게
팔 벌리고 달려갑니다
손잡고 돌아오는
나는 빵처럼 따스합니다

뺨을 쓰다듬는 손바닥
입하 저녁
폭죽 같은 꽃망울 벙근다

캠브리아(cambria)

바람이 도착한다

바람이 바람을 밀어낸다

바람 사이 사이 몸이 늘어난다

꽃이 터진다 빨강이 나를 깨문다

바람의 입구가 열린다 한꺼번에 눈뜨는 나의 꽃들

바람 뒤에서 핀다 다알리아 엉겅퀴 씀바귀 찔레 솟아난다

개망초 모란 벌어지는데 사라진다 피는 사루비아

사그라든다 바람이 제 몸을 닫아건다

바람의 틈마다

눈부신 꽃 틈마다

재의 꽃으로 빚은 당신

늦게 출발한 바람

먼저 도착한 바람

함께 궤멸한다

밤의 측지선(測地線)

―

바스라져
발밑에서 당신을 삼키는
유사가 되겠어요

떠나간 당신이 머무는 서녘

당신과 나의
발간 두 혀
엉겨 밝은
달 뜨는 밤
달뜨는 몸

뭉개진 입술 너머
부상(浮上)한 당신

누대의 기다림

밤하늘 가로지르는 월광의 대상(隊商)들

―

검은 항적(航跡)

어떻게 당신이 나를 떠나겠어요

- -

당신의 얼굴을 놓쳤어요
떨어져 깨졌어요
가슴속에 당신을 뿌렸어요

--- -

나는 망(해)망(해)대(해)해(해)

-- - - - - - - - - - - -- - - - - - - - - - - - - - - -- -
-- ---- -----

푸르스름한 세계의 한가운데
던져진
피투성이

- - - - - - - - - - -

바람이 쥐어뜯는 구름 덩어리

-- - -- - - - ---

거의 지워진 사람
안에서 밖으로 떠나는 사람

--- - - - - - - - -- - - - -- -- -- --

당신은 박살 난 사람
나를 물고 떠나는 바람

---- -- - ---

잠시 후에 먹고 마시고
당신은 생식한다

- -

우리끼리 무엇을 못 하겠어 가를 수 없는 한 덩어리인데

| |

끝나더라도
종말 없는 가을 속으로
깨지지 않는 거울 속으로

나의 비애
나의 움직이는 비
침입하고 말았네

당신이 비집고 들어온 후
나는 말하네

내가 나를 비우자 비 오고
비 비 비 당신은 부동의 수직선
붙들린 가을처럼 서 있을 것이네

11월처럼 기다린다
비를 비의 당신을 움직이는 비애를
견디고 견디지만 견딤은 부질없는 것
비에 쓸리는 흙처럼 당신을 잊는다

11월의 비 나를 가르고

나란히 서 있는 나의 비, 비, 비
비는 비애가 아니다 나의 비는 비는
비가 아니다 나의 비
그치지 않는 11월의 비
거울 밖 나를 씻어 낸다

당신 배꼽 아래의 비
나는 그예 떠내려가고
휩쓸어 강물로 끌고 가는
┆비┆ ┆ ┆ ┆ 비┆ ┆ ┆비┆ ┃

갈애(渴愛)

외부로 눈을 돌려요
살이 아코디언처럼 저립니다
당신과 함께 성장한 사물들이 말랑해지고 있어요

미학이 도덕을 완성하는 순간
본능이 이성을 압도하는 순간
중력이 엉덩이를 처지게 하는 순간
등에서 배로 당신과 나의 접점이 이동하는 순간

일어날 수 있는 일
일어났습니다
발을 뗀 것뿐입니다

당신이 나를 양육했어요
생일의 파파 파 파

살아 있어서 부단히 출발합니다
굴절을 모르는 햇빛 속 청동 입상처럼
부식되면서 당신이 사라질 때까지
당신을 바라봅니다

영벌(永罰)

당신이 눈으로 들어와
뒤통수 뚫고 사라졌을 때
총알처럼

이곳에 있었던 당신이 빛에 파
먹혔을 때 나는 고개 저으며
응결시켰어요 당신을

녹이듯이
짜내듯이

당신을 안자
홍옥 냄새 지났어요

나는 깨물린 과육
이마 위로 보름달 내려왔지만

그날의 살과 뼈
더듬고 냄새 맡고 만지는
그 몸 누구의 것입니까

배꼽 맞대자 적반이 피어나요
가려워요 도려내고 싶어요

증발 후
어떤 몸을 기억하는 일

목덜미 잇자국 그리고
어떤 몸

2

그 사람, 붕괴하는 중

적수(赤手)

밤의
입동의
밀려오는 북풍
차가운 물의 입술
벌어진다

빙설(氷雪)의 손끝

헐거운 수도꼭지
물방울
손바닥에서
흘러내린다

공복(空腹)

핏방울
느리게
얼어붙는다

분비

—

찢어진 몸에서
새어 나오네

지우려고 애썼던
숨결
빈 몸을 채운
수액

일렁이는 불빛 열고
들어가 나를
누인다

나를 절개하는
사람
안에서 범람하는

그 몸에
중독되었네
나는
더 멀어지네

—

방혈

닳은 달은
다른 얼굴

깨진 달
벗겨진 구름

사랑받지 못해
베어 버린 몸

그 사람
사라진 곳에

凸
凸
돋는
핏빛
꽃잎

식자(植字)

—

납물
차오른다

마지막 입김
엉긴다

문자 사이
빨간 혀

신음하는 모음
매설한 자음

그 사람의 몸
조립된다

그 몸의 凹凸
자무한다

—

적구(赤狗)처럼

손톱 갈라지고
가시 돋아난다
껍질 벗겨진다

바깥으로 흘러가는
피는 따스한 불빛

꽃 피면 꺾어
꽂아 주세요
유령이 탄생합니다

슬개
갈라지는 소리
영원히
찌르는 사람

찢긴 후에
한 번도
울지 않았다면
거짓

몽혼

여기에
그 사람

어떻게
살아

왜
돌아왔나

바람이
온다
꽃 데리고

잠시 후
바람 돌아서면

꽃잎처럼 나는
버려지겠지

그 사람

그곳에서
사라졌고

다시

이곳에서
사라지는데

영원히

사라지는 자

나는 살아간다

빙폭

—

분골 후

붙들린

절규

나의

|수 척 | 한
| 척 추 |
　한

동심(冬心)

근육이 사라진다

겨울

슬픔이
나를 저지한다

오늘
돌아와
품에 안긴
그 사람

피는
흘리지 않았다

그때부터
아무것도 먹지 못했다

희미한 명도(冥途)

차가운 검은 냄새

풍겨 온다

지뢰

내가 몰아낸
사랑의 최후

사라진 살점
下半이 없어진

사람
깁는
꽃잎

허공의 핏자국
흩날리는 꽃잎

무릎 아래
꽃잎 꽃잎

수골(收骨)

다른 사랑은 없다

침엽 같은 햇살

동공에 들어차는 불꽃

화형(火刑) 후 남은 뼈다귀

햇살
슬픔을 알 리 없고
햇살
고통을 모르고

햇살—죽창처럼
그 사람
나를 찌른다

성묘

왜 죽었어
왜 죽었어
녹는 듯이
우는데

바스라지기 전에
내가 왔어
내가 왔어
나를 안아 주는

그 사람
그 냄새

푸시식 사라진다
해 넘어간다

아부지
아부지
나 좀 데려가요

아무 날에
아무렇게나 죽은
아무개의 아들

허공에
파란 불꽃 이네

밀봉

검은 물
나를 적신다

수면
부드럽게 빛난다

몸의 바닥에서
기포 솟는다

나는 끓어
넘친다

나를 열고
그 사람이 들어온다

처음으로
나는 아름답다

닫아건다
입안에

그 사람 흥건하다

얼굴 없이 오는 비

나는 울어라

고아의 비탄

*

불꽃 없는 불
몸을 태운다
투명한 재
빛의 파동
죽은 자를 인도한다

떠나지 못하고 땅에 박혀
임종에 다다른 자의 비애로
들끓는 곡성(哭聲) 뒤집어쓴다

*

나를 위해 울어 주는 한 사람

살아서는 고통을 벗어나지 못하고 죽어서야 내려놓은
절망 너머에서 구원과 평화를 얻은 삶 앞에서 생명의 시
작과 끝을 휘어잡은 채 내장을 끊어 내는

목소리

고통 때문에
살아 있는 것이다

죽음 후에 시작되는 바람의 노래
눈물로 돌아오는 영혼이여

*

나는 썩지 않는다
나는 노래하지 않는다

고드름처럼
이마를 뚫고 나오는 빛

나의 영혼은 그녀에게 저항할 수 없다

통증 때문에 숨 쉬고 있다는 사실을 깨닫지만
그녀가 노래를 불러 줄 때
나는 살아난다

그녀의 노래가 나를 안고
나는 저항을 모르고 사랑에 빠지고

어쩌면 나의 형벌

그녀가 떠나면
눈먼 자처럼 눈물 흘리고
한 발도 나아가지 못하고 돌이 된다

그녀의 노래 가까워질수록
나는 작아지고 어두워지고
점이 될 때까지
깎여 나간다

그녀의 목소리가 닿는다
외피를 뚫는 빛의 화살

나는 병이 들고
사랑 사라지고
노래 작은 불꽃
심장에 숨는다

새 사랑도 종국에는 사라지겠지만
더 이상 사랑이 남아 있지 않지만
그녀가 나를 떠밀며 속삭인다

다른 사랑으로 가요
광야의 바람 속으로 팔을 뻗어요
사랑에는 끝이 없어요
사랑 때문에 당신은 자유로워질 거예요

내가 당신의 따뜻한 집이 될게요
눈을 감고 당신의 몸 안에
웅크린 사랑을 느껴 보세요
당신 떨고 있나요

오정의 침묵 안으로 걸어가네
사랑하는 사람의 숨결 퍼져 나오네

햇빛의 방향(芳香) 속
붉은 발아
핏방울

검은 경전을 펼치다

검은빛
사람을 지우고
검은빛
말씀이 되어 뺨을 스친다

별을 잃은 밤
촛농 한 방울 가슴에 떨어진다

오랜 친구여 나를 버리지 말아요
사랑하는 아버지 작게 울고 있는
아버지 멀어지면서
나를 기르면서
행복했나요

꿈틀대는
체스트 버스터(chest burster)

당신은
오늘 밤 눈을 뜨고
나의 내부를 긁어낼 것이다

죽음과 부활을 가로지른다: 영이 철이 크로스!
고통과 열락이 당신과 나를 용접한다

환(煥), 환(歡), 환(喚)

봄비
엷게 퍼져 나가고 슬픔은 끝날 줄 모르고
끝없는 비 공중에 걸려 있고

봄비 걷어 내고 꽃잎에 불 지른다

불꽃이네, 불꽃 이네, 펑, 펑, 터지는 꽃들, 돌아온 봄비

내 몸 위에 봄비, 손대는 봄비, 심장부터 젖어 드는 봄
비, 세상에 내던져진 나의 외부에 혼자를 새기는 봄비, 영
원으로 달려가는 봄비, 세상의 모든 꽃잎을 눈물로 바꾸
는 봄비

사랑도 없이, 몸을 적신다, 흐느끼다 물러서서, 나를 부
른다, 안으로 안으로 밀려든다

봄비가 흘러내리네 그리움만큼 비 내리네
사라지지 않고 돌아와
봄비 나를 허물고

다시는 당신에게 돌아가지 않는다, 결단코, 부러지더라
도 부서지더라도
　나는, 가지 않는다

　우리가 이룬 생, 이멸(夷滅), 환한 멸망……

　내 몸을 통과하여 멀어진 사람, 내 영혼이 잊지 못한
사람
　봄비
　무서운 그 말, 낯설어 두려운 재회
　봄비
　이곳의 오후를 횡단하는
　봄비
　나를 붙들고 다물고 조이고 깨물고 벌리는
　봄비
　기적과 우연과 사랑이 싹트는 거리에, 내가 축출한
　봄비
　나를 삭제하는
　봄비
　비바람 불던 지난밤의 낙화

봄비
끊어진 몸, 꽃잎, 떨어진다
봄비
빗방울에 맺힌 그 사람 물얼굴
봄비

봄비의 느린 침몰, 돌아온 사람, 빗방울이 빚어낸 그 몸
의 부피, 빗방울, 나를 건드리네

더운 숨결 퍼진다, 봄비의 사선, 나는 낱낱 흩어진다

세침(細針) 같은, 봄비, 달아나려고 한다, 실뱀 같은, 봄
비, 가는 봄비, 온다, 두꺼워진 봄 산 위에 떨어지네 짙어
지네 눈물과 봄비 한 몸이네, 커지는 슬픔, 봄비의 옅은
장막 그리운 사람 떠오르네 몸에 고인 물방울, 봉분, 나
를 기다리는 봄비 소금쟁이 같은 봄비 솜털에 닿는 봄비
첫 키스 같은 봄비 볼을 만지네, 녹는 나의 낮 낯, 봄비,
옅어지네

폐멸

산산조각 난 후에: 6시 17분 대로변에서 그 사람을 기다리다가 바퀴에 머리카락 끌려들 때

망실을 완성하기 위하여: 그것을 사실로 받아들인다 호출된 이미지를 기각한다

밖에서 안으로 파고드는 침묵: 불꽃에 먹힌 어둠처럼 면상이 지워지는데 지상에서 허공으로 나는 튕겨 오르는데 더 좋은 남자가 되기 위해 얼마나 단련해야 하나

눈앞의 유령: 입속의 (틀니처럼 박힌) 거리, 흡반 같은 발자국

내 몸이 필요로 하는 것: 눈에 박히는 그 사람 뒤로 개포로의 일몰, 거리의 소음을 잠식하는 먼지, 허공에 주름지는 웅성거림

과거는 금방이라도 배신할 수 있다: 나는 일종의 망상이기에 아무에게나 사랑을 구걸할 수 있다

명도 1의 구상화: 길은 북북서로, 북북서로, 시선이 함몰되는 거리의 끝, 북북서로, 관념이 사랑이 되는 신비한 거리에서, 질기고 질긴, 나를 즐긴, 그 사람 사는 곳으로, 북북서로, 길고 긴 길은 북북서로

뚫린 자의 목소리: 나는 사라질 뿐이다

실린더를 달구는 불꽃: 그 사람은 평생 나를 사랑하지 않았다 검은 도로 위에서 눈 감는다 사타구니 우적우적 우적(雨滴)…… 명멸하는 나 그리고 멸실

6시 17분: 사람들이 뒷걸음치고 고양이가 기립했다 이별이 시작되었다

6시 17분, 오랫동안 머무는 노을: 내 안에 너무 많은 염오가 있으니 나를 침몰시켜 그대의 낮은 언덕에 정박하는 구름이게 하라 그것이 사랑이므로

빈방의 햇빛

당신을 되찾을 수 있을 거예요
흔들리는 모든 것들로부터

잘린 도마뱀의 꼬리
내가 간직한 당신의 일부

손가락을 남겨 두었어요
환해져요 몸피가 부르터요

햇빛 속에서 당신이 일렁일 때마다
나의 모서리 트더져요

당신의 얼굴 흐물거려요
벽에서 흘러내려요

푸스스 당신이 사라진다
아래로 스며든다

나와 당신, 합체 후
따스하게 차오르는 피와 빛

살아야지

내가 발견한 황홀
그대가 울며 말하네

손잡고 눈물 흘려요
조금 더 견뎌요
상처를 내게 줘요

목소리 다가와서 나를 덥히네
사랑하는 사람의 가슴에 귀를 댄다
두근거림 나를 환하게 하네
핏방울 불빛 속에 돋아나네

영원한 용서
이별의 완성

한 번 더 버려져도
음악이
내가 절망에 무너져도
음악이
유일한 사랑이라는 것을……

붉은 목소리 나를 찌르네

4

날아가는 입들, 움직이는 살들

초록 전체주의

이우는 빛을 절단하네

오후의 눈부신 열광
시작되네 들개의 질주처럼

숲의 함성 폭풍의 끝을 갉아먹네
노을 향해 온몸 흔드는 유월의
나무 초록 심벌즈
바람의 숙주

진군하는
압박하는
침투하는
수혈하는
불태우는

초록 비산(飛散)

단치히(Danzig)

—

이곳에는 정사각형 밝은 하늘

흰 바지 입은 노인이 벤치에 앉아 커피 마시며 책 읽는
오후 2시
햇빛이 사람의 윤곽을 깨뜨린다
뭉게구름, 눈 부릅뜬 무서운 낯이, 털 부푼 양이, 된다
손 내미는 지인처럼 또렷하다

그 사람의 그날 그 나이가 된 나는 사랑마저 실패한 군
소 시인

노인이 빛의 후면에서 전면으로 그림자 안에서 광선 밖
으로 한 걸음 들어간다

눈뜨자 그 사람 비문(飛蚊)처럼 망막에서 흩어진다

나는 묻는다, 그 사람이 좋아했던 것은?
나는 되묻는다, 그 사람이 나인가?

—

그슬린 우리를 문지르던 여름 해변의 모래도, 한 발

짝—움직이면 터질—지뢰 햇빛에 붙들린—패잔병의 마른 입술을 적실—알콜중독자의 남은 술 같은—냉수도, 밝은 미래에 들뜬 대학원생처럼 열정에 찬 눈빛으로 페이퍼를 늦지 않게 제출하는 것도, 음주 예절을 지키지 못해 새벽 3시에 선배의 거센 분노를 신음하며 받아 내는 것도, 왜 그랬냐며 경멸도 동정도 아닌 흐린 미소로 맞이하던 동료도, 너를 믿는다는 그 말을 믿었던—노예 같은—나의 희망도, 모래밭에 쑤셔 박았던 맥주병의 숫자도, 미치지 않고 견뎌 보겠다며 미친 듯이 마시고 마시고—그렇게 하지 마시고—또 마시던 술도, 지옥 같은 낮의 훈시도—밤의 훈도시도—낙조도, 해돋이도, 해도 해도—너무 해 버려—더 이상 쏟아 낼 것이 없었던 달도, 가야 할 길 비추는 창공의 별도, 없다

나는 나타났다가 사라진다

그 모든 것을 겪고도, 통증과 상처와 배신—가난한 아버지와 더 가난해진 아들의 연대기, 부족한 애인과 쌓여 가는 약봉지와 건강식품—과 더러운 욕정과 더 깊은 미련을 겪고도

이곳에 있다는 사실 같지 않은 사실 속에서, 연동하는 소화—세월—기관 아래로 천천히 쓸려 가면서, 홀린 채 중얼거린다

내일 사랑이 시작된다 내일 그 일이 일어난다

곡산에서 대곡으로

철로에서 피 냄새가 솟는다
내가 지녔던 기척

박동이 느려진다
나를 죽이고 다른 나를 데려온다

사랑이 허물어진 자리에
꽃이 피어오르고, 잊지도 못했는데
눈물이 마른다, 면도로 나를 긁어내면
피 떨어질까, 내게는 흘릴 것이 없다

그날의 나, 비등점에 가까워진 너에게 말한다
자유의 다른 말, 잃을 것이 없다는 것 슬픔이 없다는 것
잊을 사람이 없다는 것
떠난 사람은 내가 아니다, 나는 버림받았지만 나는, 그
사람을 버리지 않았다
거기 내가 쓰러져 있었다

무너질 수밖에 끓을 수밖에
갈라진 살 때문에 쏟아진 피 때문에

나는 패했다
나는 전사가 아니다

　내가 떠난 후에 무엇이 있을까 한 줌 빛 한 움큼 회한 뼛
가루 남아 있을까 이후에 후회 후에 나는 얼룩질까
　어둠 속 살과 뼈 선명하다
　검은 날개를 펼치고 그 사람 돌아온다

런 라이크 헬(run like hell)

그 사람 돌아와 품에 안기네

검은 눈 절름거리는 다리

별사(別辭)를 쓸 때마다 세계는 끝나고
우리는 펀칭 당해 아름다워졌네

                              무서운 반복

시간이 우리를 잡아먹기 전에
종말 없는 사랑을 이루리라

대지의 풀
            바다보다 푸르러지고
하늘의 별
            먹빛보다 짙어지고

으르렁대는 파도
펄럭이는 민트빛 치마

사랑하는 우리
밤의 광휘 속으로

장맛비와 지게차

뒤는 우아하고
앞은 경건하다

우산 아래
한 뼘 갉아 내는 빗발

트럭 도착 빗줄기 드릴
한 번 더 밀어 넣는다

등뼈를 타고

systematic

흘러내리는
방울 방울
아래로 아래로

정수리부터 사타구니까지
들러붙은 사람

먹구름 찢고 오는 상어처럼

인쇄 기계들 철컥철컥
페인트 휘발 땀 번들
젖어 시큼한 노동자

지게차 전진 후진
올린다 내린다 부린다
란닝구 운전수
팽팽하다 터진다

미끌거린다 등판
끈끈하다 가슴팍
자꾸 척척 겹쳐진다

리얼리티

스스로 움직이는
　직육면체, 기관차
　　엔진을 사상이라고
　　　연료를 사랑이라고
　　　　믿었다 혁명과 정의
　　　　　심장 안에서 불태웠던
　　　　　　어제의 나는 날고 있다
　　　　　　　지면에 닿을 것이다
　　　　　　　　피는 퍼져 나갈 것이다

쇳덩이
　따스하다
　　그리움 때문에
　　　살아 있다
　　　　이룰 것이 남았다
　　　　　사랑은 실패하지 않았다
　　　　　　나는 x에서 y로 이동한다
　　　　　　　망간 레일에
　　　　　　　　살점 붙어 있다

뜨거운 살로 퍼덕이는

내가 살던 거리에서
어제의 나를 만나네
돌아온 이곳

나를 파기한 자
도망쳤습니다
쫓지 않았습니다
연탄재 같은 표정으로

강 너머
남쪽으로
나의 내부로

기어들었습니다
가여운 멧밭쥐처럼

통째로 꿀꺽하려는데
살려 달라고 애원하네

거울에 갇힌 놈아

나를 깨 버립니다

손목을 잘랐어요
쏟아지는 빨강 울음
바람을 짜갭니다

나는 퍼덕이는 깃발

이렇게 하는 것은 강건할 수 없고
이렇게 하는 것은 더 이상 강건할 수 없고

잠들기 전이다

고독을 힘차게 무찌르지 못하는 병자로서

저녁 식사 후에 맥주 한잔하는 사람들 사이에 끼어 앉는
것, 한 손은 생맥주잔을 움켜쥐었지만 다른 한 손은 주머
니에서 한 번도 빼지 못한 것, 다른 사람이 찾아와서 나를
안아 줄 것이라고 믿지 않는 것, 현관문을 빠져나가는 사
람에게, 잠깐만 잠깐만, 두 번 부르지 못했다는 것, 그 사
람이 남겨 놓은 체취가 다시 올라온 엘리베이터 안에 가
득하다는 것, 그리하여 눈물 흘리고 말았다는 것, 더러운
사랑 같은 지겨운 거짓 같은 아침의 이별 뒤에 베란다에
앉아 햇볕 쪼이며 그 사람을 기다리는 것, 나만 들어갈 수
있는 육 첩 방문을 몰래 열어 두는 것, 나에게 다른 사랑은
없다는 말을 반복하는 것

때문에 나는
잠들기 전 창밖으로 한 발 내딛는
그림자, 그 사람이
그렇게 떠났다고

믿지 않는다

나는 엷어진다

면도

거품을 바른다
경정맥이 경직된다

부끄러워 발개진 것인지 어린 것인지 무성한 것인지 무
쌍한지 아니면 호전적인지 주먹을 앞으로 또 앞으로 지
르면서 추위를 견디고 있는지 아니면 무서워하는지 아니
면 채식주의자인지 태권도 관장인지 친구인지 채권자인
지 휴식 시간에 슬리퍼도 신지 않고 구내식당에서 흡연실
까지 왕복할 것을 생각하는 교무회의 참석자들에게 제발
내 사람을 써 달라고 애원했는지 내가 양복 안에 속옷을
입지 않았다는 것을 알고 나의 살을 살펴보고 비웃었는지
아니면 신음했는지 기타 등등 누가 나를 짜깁기하는가 나
는 기타 등등 축출된 자

세면대에 피가 고인다
박피가 끝났다

아니면

심장에 들어찬 타인의 목소리

아니면

그가 나를 지우는 소리 아니면 단순한 쾌감의 증대 아
니면 다른 사랑을 시도할 것이라는 의지 아니면 현재의 진
정한 환희 아니면 중무장한 감정을 잠식하는 파란 그리움
아니면 한 번 때렸는데 갈비뼈 세 대가 부러지는 감촉 아
니면 내 가슴에 입술을 대던 그 사람의 몸이 아니면 벌릴
수 있을 만큼 크게 벌린 입안의 혀가 아니면

사랑이 끝났다는 판관의 선언

아니면

헤어지는 것이 어떠냐는 중재자의 노련함 아니면 꿇고
엎드려 비는 비열한 자 아니면 가쁘게 몰아쉬면서 조금만
쉬었다 하자고 애원하던 밤 아니면 그 밤의 사랑이 끝난
후 찾아온 이별이 아니면 그 사람은 여기에 없다는 사실이
아니면 다른 사랑은 여기에 없다는 믿음이 아니면

모든 것이 나를 물리게 만든다

상호 의존적인, 경험, 물방울, 사람

자신들의 삶을 돌아보지 않는 것처럼 사람들은 다른 사람의 삶도 돌아보지 않는다
경의선 가로등 열병합발전소 굴뚝 요진
아파트 후문부터 육교까지 미스터 트롯 공연 포스터가 붙어 있다

불 켜진 마트
다리 벌린 다리의 다리
밑에서 보이던 다리들

自動

차를 삼키는 지하 주차장
퇴근하는 사람들의 어깨

인간적인 것들
얼마나 단단해졌는가

저 세계에 귀순하면
내가 고꾸라지면
나는 더 좋은 시민이 될 수 있을까

동의한다

생활세계
—악몽은 바람이 갈라내는 연기

53층 아파트 꼭대기에서
후두둑 듣는 빗물
눈에 들어차고

너의 모습 어룽대고
뒤섞여 녹아 버렸네
유리창
가로질러 멀어지는

내 생각
너에게 돌아가고 빗방울
아래 사람들 뒤뚱거리네
뿔뿔이 멀어지네

동공으로 비는
내리는데 내린 비는
적시는 비는 눈동자에 너를 데려오고

비 긋기 전에
너는 돌아올까

두려운 검은 바람 밀려들고

네가 나를 물로 바꾸어
나는 구르는 빗방울 되었네

눈 밑에서 입술 쪽으로
흩뿌리는
창밖에서 나의 밑으로
숨어드는
눈물 속 너는 허공의 그림자

KGB 물류 그룹 노란 트럭에 실려 씩씩대는 짐들과 듬직한 일꾼들

잃어버린 것이 있다는 전갈, 창밖에서, 간헐적으로, 나를 부르는 형체 없는 것들. 흔적을 찾아 한 발 나서면 날개가 펼쳐질까. 6월 25일 14시.

네모들이 진입한다. 이삿짐 도착. 무한한 가재도구들. 하품을 뚫고 서서히 드러나는 무한 정의,로운 육체들. 깃털 돋는 생활 사물들. 피아노가 하품하고, 책상이 일어서고, 냉장고가 기우뚱한다. 팀장은 고함치고, 사다리차는 숨 가쁘다. 담배를 피워 물고 현장 감시. 생활과 노동의 동시 발생. 사랑은 피곤 뒤에, 쾌락은 소진 뒤에, 남은 것을 전부 버리고, 빨갛게 일어선다. 모든 집물들 눈을 뜬다. 살아나서 움직인다. 노동 현장에서 일당을 생각한다. 사다리가 길어진다. 외접선. 일제히, 왼발 왼발, 발맞춰 입장하는 가구들. 세탁기가 눈을 껌벅인다. 소파 살집이 접힌다.

트럭 부르릉. 우.리.는.전.진.기.계.는.상.승. rush to the past. 자줏빛 자주를 자주 역설하는 국방부 장관이 군복을 입고 부대를 시찰할 때 나는 창고에서 바지 내린 포대장을 봤는데 장관이 강조하는 청년의 정열은 무형 전력에도 포함되지 않았다. 이십대의 욕망은 탱천했는데, 한 번도 해소하지 못했던 것이 분명한데, 누가 나를 그곳에 처박았는지, 명령을 내렸는지, 남자인 국방부 장관은 왜 남자의 생리를 모르는지. 장중아 아래로. 우리의 룰. 우리는 다른 출신을 인정하지 않아. 우린 너희의 신분증을 읽지 않아. 남과 남. 움직인다. 세계의 기관차. 대륙을 횡단하는 동맥. 뜨거운 것들이 모였다. 터졌다. 우리 피톨들. 피스톨들. 다련장의 포구에서 쏟아지던 흰 연기. 스퀘어를 증발시키는 화력. 전선 위에서 너와 나는 두렵지 않았다. 포물선이 끝도 없이 멀어져 간다. 엔진 부릉부릉.

CS탄 연기 속에서 환몽한다. 관물들. 새집이다. 물활(物活)의 거실 안으로 속속 귀환하는 가전들. 손 없는 날. 주인이 나를 맞이한다. 일꾼들이 빵과 우유를 먹는다. 몽골인부는 힘이 세지만 저렴하다. 허벅지가 경직된다.

이접(離接)

몸 안에
다른 손가락

석사 과정은 교수님을 위해
씨소처럼 우람하게

은빛 버클 아래
시선을 못질하는
사복(私僕)은
캐비닛 뒤편으로

아직 깨끗해요
그 무엇도 닿지 않았어요
싱싱한 엉덩이에요

씩씩한 대걸레 자루
씩씩거려요 가운데에서
뚝 뚝 떨어지는 것
혁대 위는 칼로 싹둑

아래에서 위에서
우리는 붙었다가 떨어지는
필라멘트

근무시간 사무실에서
주인과 나는 빨개진다
머리가 발기되는 느낌
더럽다

위생의 저녁

접종 때문에
전염 때문에
마스크 소독
메가폰 소리
반복되지만

해캄 같은 어젯밤
닦이지 않는 여취(餘臭)
등피 속 저 빛
나의 심장, 펄사처럼

나 나 나나 헤이 헤이
굿바이
발을 떼려 하지만
갑각처럼 찾아온 통증

거리의 소란을 가로지르는
성당의 종소리, 시럽 같은
저녁의 불빛, 확산되는
크레졸 냄새 하얗게

번지는 두려움

무감각

오후의 평평한 적요
안쪽으로 미끄러진다

멀가중 멀가중 멀중가중
가물거리는 낙타들
가늘어진다

deeper and deeper

음악이 들어온다
다른 몸이 찾아온다

입 벌리자 모래의 혀
너를 잊기 위해 나를 섞는다

지탱해 온 그리움의
그러함에 담긴 체념

너의 미소 날리고
날린 후에 지우고

지운 후에 버리고
칠각(七覺)을 버리고

               사실들 너무나 완강한 사실들

밤의 석별의 만추의 밀려든 바람
느리게 지나가는 모래알
식어 버린 너의 이마

크레모아

너와 나의 자리를 바꾼다
치읓 지읒 치읓 지읒
여기 당도한 부고

                    기억만이 사실 사실은 사실
               너의 손아귀에서 벗어나지 못하는데

전심전력으로 후회하기 위해
죽음을 돌파하는 후퇴를 위해
내생의 불꽃 같은 구음 공글린다

바수어 가루가 되리
다시는 돌아오지 않으리
나는야 도착의 왕자

           네가 스며든다 나를 비집고 나와 잎으로 피어나
                그날의 물빛 속에서 반짝인다

쇠구슬이 폐부에 들어찬다
네가 나를 폭파했다

철조망에 걸려 있는 살점

리얼 띵(real thing)

겨울이 빨리 찾아왔다
사랑이 박혀 있다
전봇대처럼

영원히

나를 기다리는
너를 위해 온몸을 부순
새벽 골목에서 짜내듯이 우는
우그러진 얼굴
나의 칼데라
허공에 도포(塗布)된 너

파인 땡큐
앤드 유

Tempus fugit, amor manet

사랑―불길에 휘감기는 오래된 상처
시간―죽음을 분배하는 무서운 질병

상처 깊은 나는 언제나, 사랑
근처로 끌려간다네

떠나서 깜박이다가 그 사람
죽음으로 사그라든다

신앙심처럼 피를 채워 커지는, 사랑
건빵처럼 눈물을 빨아들이네, 육체가
흡수할 수 없는 것은 없다네, 육체가
먹어 치운 아름다운 그 몸에
나를
기장하지 못했네
내부에
감입하지 못했네

다 살았다
흙으로 돌아간다

사랑하는 사람이 없어졌는데
이미지 조각나지 않네
달큰한 이름 심장에서 들끓네

사랑이 오면 바람 도망치고 구름 묽어지고 하늘 빛나
고 물살 드센 강 넘치고 푸른 들판에 온통 그 사람이 들어
찬다 보이는 것 솟아 나오는 것 의지를 무찌르고 우뚝 일
어나는 그것
사랑은, 끝나지 않네

5

꽃자리에 주저앉아 우는데
비명이 허공을 가로지르네

01

붉은 입추, 사람을 만나기 좋은 날

　버리기 위해 여기에 왔다면 믿겠는지요 그 여름밤 우리
는 어둠으로 몸을 가렸어요 별이 우리를 뒤쫓았어요 바람
이 우리를 흔들었어요 개체발생이 시작되었어요

시멸(示滅)

나는 바람에 베어 먹혔다 浮圖 앞에서 과거의 문장을
읽는다

이곳은 끝나는 곳 눈을 뜨는 곳 얼굴이 펼쳐지
는 곳

저기, 과거가 튕겨 낸 내가 돌아온다

02

나는 카메라이다

    횡단보도에 흰 소나타가 정차한다 남자와 여자가 내린다 프레임 밖으로 사라진다 사각 안으로 아이와 아빠가 들어온다 승용차 3대가 지나간다 아빠의 둥근 배에 아이가 볼을 비빈다 스티로폼 박스를 들고 왼쪽에서 오른쪽으로 사라진 남자 노란색 아웃도어 점퍼를 입고 우측 상단에서 좌측 하단으로 화살처럼 빠져나간 여자 시티투어버스 출발 엄마가 칭얼대는 아이의 엉덩이를 토닥거린다 잘린 채 남겨진 아빠의 두툼한 종아리 4분 8초가 지났다

그때 나는 누구를 기다렸나

동숭어린이집 앞 쌍둥이가 걸어오네 야구 점퍼를 입고 노란 가방을 메고 걸어오는 아이의 셔츠에 올라앉은 문구 I HATE YANKEES 아빠 없는 나날이 그 얼마나 외로웠는지 엄마 없는 아이들은 어떤 그리움을 품고 다니는지 그 사람에게 늙은 애인이 생겼기에 나는 울었지만 사랑은 식지, 않아서 거북이처럼 울고 말았네

메탈릭 레인(metallic rain)

이사 트럭이 지나간다 허리가 뎅강 아이고 아파라 분단 시대는 끝나지 않았구나 제기랄 이 길이 군사분계선이라도 된단 말인가 우리는 남남인가 연인인가 이사철엔 이사친구 080-247-2479 흔들리는 트럭 위의 가전들 생의 이동 나는 나잇크롤러 이순신대교로 순간 이동 겨우 다리 하나로 우리는 통일될 수도 있다 그러니까 이곳과 저곳을 잇는 다리를 놔야 다리우스처럼 강건한 다리로 사랑을 다스릴 수 있다 제철소 앞 바다 비린내 물비린내 내 분비물의 비린내

독송(讀誦)

사랑에 빠진 나와 나뭇잎보다 가벼운 부형(父兄) 닫힌 탁아소 열없이 흐느끼는 아이가 나인가 쪼개지는 절망으로부터 발생한 다른 사람 나의 목면(木面)을 깎아 내는 대팻날의 빛 나의 낯 밑에 숨어 있던 다른 나의 낯

발정기의 새처럼 소란하게

벌린다 벌린다 십자가를 문신하고 순정한 사랑을 다짐하는 도덕주의자 slave to love 신의 말씀을 몸에 새기고 실천하는 자의 십자가 열십자가 나를 부끄럽게 하네 우리가 짊어진 것은 사랑의 십자가 사랑의 씨앗을 심기 위해 나는 around the world 둥글게 둥글게 지구를 돌아다녔네 다래끼 생겼을 때 엄지손톱에 그은 것도 십자였는데 무엇을 지키기 위해 나는 십자가를 피부밑에 저장하는가 나는 왜 십자매를 사랑했는가 죄지은 자여

가좌동

한성인테리어철물 앞 이팝 잎새 바람에 흔들린다 정지
하라 공간을 연다 움직이는 휴식 속에 놓여 있는 헬리오사
진관 해오름공인중개사 평화마트 비처럼 걸어오는 명사
들 채우락 앞을 지나가는 남자, 여자, 한 우산 아래 두 머
리, 남자가 우산을 접고 택시에 오른다, 모래내요, 그곳에
간 적 있어, 이성복 때문이었어, 서쪽의 끝이라고 생각했
는데 모래내에서 내렸는데 모래내를 찾지 못했는데 모래
내가, 단 한 번도, 존재하지 않았다는 사실을 아무도 가르
쳐 주지 않았다는 거짓 사실조차, 믿을 수가 없었다

종점

친구도 없이 갔네 맥줏집에서 혼자 술을 마셨고 웸의
「캐어리스 위스퍼」를 들으며 흡연했고 술값이 모자라 마
담에게 시를 읽어 주고 젊은 시인이라고 고백하고 먹혀도
좋다고 말했지만 다음에 오면 따서 후루룩 마셔 주겠다는
친절한 약속을 이행하기 위해 그 후로도 세 번쯤 그곳에
갔던 듯하고 그중 두 번은 기억이 나질 않고 한번은 극적
이었던 듯한데 다행히 병에 걸리지 않았고 가끔 부정맥이
찾아왔지만 상상으로 병을 고칠 수 있다는 사실을 입증하
는 기적이 찾아오기도 했지만 이성복을 만나고 말았다 지
휘통제실에서 그의 시집을 사격 지휘 작전처럼 읽고 나서
우리가 배운 치사랑

　그때 신한교통은 파업했는데, 북부운수는 파업하지 않았다. 그들은 노동해방을 외쳤다. 그 밤 신한교통 앞 영미식당에서 술을 마시던 머리띠들. 그 밤 북부운수 앞을 지나다가 바가지로 물을 퍼부으며 목욕하는 노동자를 봤다. 파업 앞뒤의 물컹한 몸. 잔악한 자본의 음모 독재가 판쳐도 새 역사 동트는 기상 최후의 승리는 우리 것 총파업 깃발이 솟았으나 한. 발. 두. 발. 퇴보했다. 9월 1일. 그 사람을 처음 만났다. 새 학기가 시작되기 전 제3한강교에서 학우들은 하나가 되어 투신했다. 이 밤이 지나면 헤어지겠지만 첫차를 타고 탈출하겠지만 사랑을 버리고 새벽안개 헤치며 달려가는 기차에 몸을 싣고 떠나렵니다 이루지 못할 사랑이라서 당신이 먼저 배신했지만 패한 후에 부패한 후에 나는 후회했어요 종점에서 노닥이는 시정잡배가 되어 방실이 누나 옆에서 술을 마시고 싶어 서울의 누나들은 예뻐 물망초가 좋아 꺾어 입에 물고 사랑을 나눌 거야 누나들과 나눌 거야 아무도 모르게 남들은 모르게 아버지도 모르게 얼크러질 거야 사랑만이 혁명을 실현할 수 있어 몸은 언제나 깨지지만 몸은 날마다 빛나지 그런데 우리는 왜 승리하지 못했을까 별빛을 살라 먹고 밤에 피는 나는 야화 (너무 야해 너는 夜花) 빵빵한 나의 가슴 그 사람 달

래 주고 (달래를 줘) 화사한 나의 웃음 그 사람 데웠는데
(그 사람도 커졌는데) 나 이제 어디로 가나

폐
허
에
비
내
리
네

    나나, 너나, 아무것도 아니었던 우리들, 사랑이 끝난 후
뭘 해야 하나 가슴이 쩍 갈라지네

    정말로

정군비어에서 아파치까지

내 나이 묻지 마세요 무덤에 묻지 마세요 잔디 잔디 묻지 마세요 그 사람의 무덤가에 잔디 잔디 금잔디처럼 부활하는 드라큐라 혁명은 부질없는 것 왔다가 떠나는 전사들 구름일까 아니 고름일까 그냥 쉬었다 가요 몸이나 식히고 술이나 한잔하면서 모두 다 잊으십시다 그럴까 잊을 수 있을 까 잊혀 질까 양념 반 프라이드 반 반도 못 먹었는데 반도는 동강 날 것 같은데 못 먹어도 고인데 배가 부르고 토막은 수북한데 남자와 여자가 섞여 떨어지지 않는 밤 은행나무 등에 지고 앉아 돈 떼인 듯 앙앙—불낙처럼 울었습니다 눈물은 왜 남자의 배 위에 떨어지고 분홍 립스틱은 왜 런닝구에 묻는가 아 • 부 • 지들은 왜 이—두근 삼—두근 박자 잃은 발걸음으로 문을 박차고 뛰쳐나가는가 그 사람은 왜 날 버렸는가

03

나는 카메라이다

치매 할머니가 놓고 간 보퉁이 같은 나

5미터 상공에서 멈춘 고폭탄

염천의 거리에서 팔랑거리는 언어를 듣는다 한 무리의 남녀들 뚫린 곳에서 쏟아진다 상공의 소음 증발하는 사람들 두부(頭部)에 공동이 커진다 두려움 때문에 목이 마르다 출석 1시간 전이다

8월 8일

　그날의 나에게 나를 보낸다 지금도 피를 흘리고 있네 왜
찢어진 채 거기 서 있니

8월의 비

아구통이 일그러진, 세절된, 내가 불타던 날, 물의 서쪽
에서 비 맞던 백일홍, 염산 같은 빗방울, 다시 이곳에서,
그 여름의 개새끼가 되어, 나는 그슬린다

8월의 빛

나모바가바떼 쁘라갸 빠라미따예 옴 이리띠 이실리 슈
로다 비샤야 비샤야 스바하

뉴마(pneuma)

　한입 베어 문다 너의 몸이 아니고 죽은 너의 흔적도 아
닌데 녹아내리는 달큰한 살점 혀에 떨어지는 피 그 몸을
오랫동안 더듬는다 햇빛 속 퍼져 오르는 말 떼의 더운 입
김 그날 취조실의 숨소리 허공에 번지던 암청색 구취 한
번의 날숨 후에, 당신은 아니네, 한마디 말로 만들어진 육
체 흉강에 고인 그 사람의 얼굴 뜯어낸다 내 살을 발라내
던 손가락들 다시 회집한다

업을 깨끗이

　행하는 것보다 행하지 않아야 사랑은 아름다워진다 용
서가 선량한 것이라는 믿음처럼 비참한 것이 있을까 나를
삭제하기 위해 내가 선택한 명사, 당신, 당신이 끌고 온 서
술어, 함께 죽는다, 준법이 나를 금 가게 하고, 나는 당신
을 타고, 타서, 타는 그리움 때문에 (전기톱으로) 토막 낸
다, 당신을, 간다, 간다, 다지고 다져 입에 넣는다

사랑의 궁극에 내가 없다

—

　그날 저녁, 경륜장에서 빠져나온 사람들, 동란의 피난
민처럼, 고개를 넘어갔다, 점등의 시간, 우단 커튼처럼 나
는 쏟아졌다

—

모든 것을 한 몸으로 생각한다

　이곳에서 너를 다시 보네 일찍 떠난 나는 돌아볼 수 없고 노래할 수 없고 서서히 썩어 가면서 노래지면서 할 수 있는 일은 오로지 문란 너를 찾아 날아가는 작은 새에게 나의 더 작은 절망에게 차가운 사랑에게 건네는 말 잊었노라 지우노라 나는 시외버스터미널 낡은 디젤이 되어 덜덜거리며 거리를 바라보는데 바람을 붙잡는 손길 귓바퀴에 닿는 입술 운집하는 불빛

04

나는 카메라이다

바람은 삶을 가로지르고 기다림은 사랑을 부추긴다 그 사람은 나의 부분도 전체도 아니다

아뇩다라 삼먁 삼보리

비가 나를 斜脚 射角 갉아먹는다 떨어지는 母音 ㅣ ㅣ ㅣ
ㅣ ㅣ 누가 영광의 왕인가 비가 찾아왔다 비는 내리고 소
리를 남기고 ㅣ ㅣ ㅣ ㅣ ㅣ 비는 걸어간다 비와 비 ㅣ ㅣ ㅣ
ㅣ 비가 나를 정결하게 했다

고해

  석양의 몸을 만지다 눈 돌려 보니 나는 사라졌고 나를
두고 나를 두고 물 넘어 가시더니 한 달 두 달 가도 편지
한 장 없더니 몰래 돌아와서 어제처럼 나를 품에 품는 무
정란 같은 님 때문에 일몰 속에서 나는 망가졌어요

사랑의 힘

사랑을 완성하려는 듯이 불꽃의 혀가 나를 탐했어 그
것을 이글대는 사랑의 힘이라고 부르지 않겠어 무슨 연유
로 당신이 나를 먹었는지 나는 이제 밖으로 나가겠어 당
신을 가르고

어둠의 힘

　이곳은 부활한 주인이 주민을 위해 사랑을 베풀어 더욱 아름다워지는 곳 당신도 행복해질 수 있는 곳 노력은 필요 없네 당신은 아름다웠으니까 아•버•지와 아•버•러•지들이—지들끼리 정말로—사랑을 나누는 나라 그들의 키스 깊고 행위 격렬한 곳 충성의 맹서를 바칠 "I AM YOUR FATHER"를 찾는 나는 당신을 지킬 의무에 묶여 있지만 나는 경호할 그 누구도 찾지 못했으므로 내 사랑은 개봉 박두 액션 판타지 누가 내게 은하수를 줘 밤하늘에 유성을 그어 줘 절정의 순간을 기억하게 말이야 나는 아톰처럼 날아다녔고 살이 뜨거워 팔딱팔딱 일어섰고 당신은 할딱거리는 투견이 되어 올라탄 종마가 되어 나를 열심히 사용했어

나는 애물

　여덟 번째 달 여덟 번째 날의 빛나는 쾌락 밤의 열기 달콤한 사람이여 불빛을 뚫고 나타나다니 내 마음과 영혼을 지배하려고 나에게 닥쳐든 그대여 나는 깨진 분첩 애첩의 물건 열심히 먹혀 드릴게 한 사람이 한 사람을 위해 모든 것을 바치고 (한 사람을 착취해도 되는 것!) 투쟁마저 아름답게 변화시키는 것 한 사람을 먹이기 위해 몸을 잘라낼 수 있고 한 사람을 먹어서 그 몸에 양분을 만들어 간직하는 것 사랑이여

불치(不治)

　종점식당에서 올갱이국에 밥 말아 먹고 기울어진 골목
길 목백일홍 곁에서 끝난 사랑을 생각하다가 고개 돌리
다가 밀려드는 꽃잎의 파열음에 놀라 너의 표정 깨지는
데 브레이크 소리 꽃잎 닫히는 소리 식당 불빛 오그라드
는 소리 네가 부러지는 소리 흘러가는 것을 밀려가는 것
을 뿌리 뽑힌 것을 몰래 들여다보는 불빛 네 얼굴 토해 놓
은 배롱 배롱

선근(善根)

―

　구원은 이별 후에 능멸도 이별 후에 아무것도 아닌 자를 위하여 당신은 이곳으로 건너왔지만 당신은 나를 파고들었지만 당신을 잊기 위하여 내가 한 일은 아무것도 없고 당신이 나를 겁박하려 입술을 열 때 목젖이 러시아처럼 진동할 때 알몸 붉게 부풀 때 당신이 나를 개복했어요 그날

―

달빛 기사와 춤을

눈썹바위를 머리에 이고 서해를 바라보다가 기도하면
이루어지는 것이 많다는 말이 떠올라서 한참을 울었어요
엄청 기도했지만 이루어지지 않았거든요 연애의 완성과
혁명의 파멸을 기도했는데 완성도 파멸도 없었습니다 취
직도 되지 않았습니다 그날은 피를 많이 흘렸어요 아파서
국가의 번영 민족의 안위 월드 피스 따위는 생각할 수 없
었는데 사랑하는 사람이 나를 깨뜨렸는데 아프다는 말이
가당키나 한가요 사랑했으니 함께 누워요 함께 썩어 문드
러지자구요 함석빛 견직을 밤의 견갑 위에 펼쳐 놓는 만
월이 부상하는 곳에서 함께 춤을

한 사람만 사랑하겠어요, 어떻게 부부가 되겠어요

주종을 바꾸듯이 새 체위에 도전하듯이 살,까요 얼마나 장쾌했는지 얼마나 얼얼하던지 서쪽으로 일몰을 보러 갔다가 한낮의 방파제 위에서 당신의 추문을 들었어요 모든 것을 뽑아냈던 당신이 나를 유순하게 했어요 당신이 나에게 죄를 입혔어요 당신이 공포였어요 거부할 수 없다면 언제나 원점 회귀될 운명이라면 어떻게 할까요 사랑이라는 불가해를 쓰다듬으며 빠져나가는 음악 같은 당신의 몸을 기억해요

교수(絞首)

　바다가 으르렁거린다 해가 그림자를 튕겨 낸다 눈동자
에 적(赤)이 가득하다 목에 밧줄을 걸고 걸어간다 나는 끌
려간다 철삿줄로 두 손 꽁꽁 묶인 채로 뒤돌아봐도 또 돌
아봐도 변절의 날들 장화리 일몰 속에서 등대 같은 신념
같은 성기는 안개 같은 당신 불안한 당신의 부란 당신의
탐착 당신은 나를 견뎌야 한다

달래나 주지 달래나

그 바다에서 나눈 사랑 무서워 그 바다에 놓아 버린 사람 물 위로 달이 오르는데 닳은 후에 돌아온다고 했는데 둘로 갈라낸 후 나를 버리고 달아난 사람아 달아오른 나는 물에 휩쓸려 숨 가쁜 나는 구르는 돌 너머 너머로 일렁이는 이랑 밀려오고 이랑 너울 인다 가슴 너머 달아 돌아온 달아 내 몸에 가라앉은 너랑 동그르르 몽돌 사이 쟁강대는 파랑으로 돌아온 나의 사랑 너랑 울기 위해 그 바다에 뛰어들어 나는 호랑 호랑 한꺼번에 물거품 되었네

단-멸-도(斷-滅-度)

    불 꺼진 아케이드를 지나간다 손끝으로 읽는 바람의 점
묘 증오여 입을 열어라 우리가 이룬 사랑 안에서 자폭하라
범인은 어디에서 몸을 지우고 숨어 살까 나는 알고 있다

05

나는 카메라이다

영혼도 몸도 佛陀 버렸어요 가가 각각 크림슨 제국을
떠납니다 각 각 이별했어요 밤의 사타구니에 고인 낙조 밑
에서 소원을 빌며 절했고 이별의 키스 깊었고 얄리얄리얄
라셩 노래를 불렀고 얄라리 얄라리여 뭔 소리여 각 각 각
뒤를 돌아보았습니다 우리 그때 각각 아름다웠어요 嘉樂
嘉樂 이별을 준비했어요 各各을 요구했어요 진관사 비구
니가 우리를 보고 말했어요 父子래요 불타래요 다른 사랑
이 올 거래요 가악가악 다른 사람을 구하래요 따뜻한 피
를 가진 사람과 사랑을 나누래요 hot stuff 더 미끄러운
사랑 더 화끈한 사랑 핫 핫 핫 핫슈 같은 애인을 찾았어요
붉은 몸으로 붉은 밤을 불태워 붉은 사랑을 불주사한 나의
사람에게 나는 부끄러움도 없이 입술을 열었어요 사랑의
노예들 각각 그렇게 현실에 안착했습니다 오늘 밤 새로운
부자가 탄생합니다 맨날 까는 사람들이 서로를 접종해요
BCG 泌詩脂 동종접합의 밤에 나는 팽창해요 정말로 단
단해지네요 하악 하악 뼈가 팅그러질 듯하게

집착 없는 아름다운 행동

　　당신과 나의 흑체 우리의 이합하는 육체 빠르게 마모된
다 바람의 이빨 전동치륜의 톱니 시궁쥐의 송곳니 당신의
상아질을 긁어낼 드릴, 드릴 미, 나를 드릴,까요 당신의 뼈
에 새길 이름 내가 남길 사랑의 징표 사랑의 유적에 세운
망업(妄業)의 거처

동의어, 배치

나와 당신. 거짓말. 난잡하지만 순수한. 전염병에 불과한. 수수께끼. hole in the sky. 내가 떨어진 구멍. 파탄을 묵시하는 구멍. 아주까리기름. 아주 까리. 후비는. 쑤시는 손가락. 목포의 목표. 화포가 있다면. 저 구멍에서 나를 향해 발사. 화성에 앉아서 정조처럼 울다가. 기다려. 앉아. 당신이 쏟아지는 순간. 우리는 두 구멍. 우리가 믿고 있는 미래. 지상으로 나를 발사. 탈출. 이곳에는 전쟁광들. 승냥이들. 침몰하는 공화국과 떠오르는 절망. 제국주의자의 욕망. 진주만에서 영롱한 진주를 물고. 物故. 입술과 젖꼭지. 에로스의 물적 증거. 아버지의 검자줏빛 젖꼭지 같은 혁명의 배반자들. 나의 사랑은 오욕. 그리고 칠정. 칠정산. 七支刀. 당신을 칠지도 몰라. 사랑은 배신의 돛을 올려라. 돼지의 멱을 따라. 이런 능욕. 맛좋다. 부들 부들. 부들부들. 부부 들들. 노예[no-yeh]들. 퍼레이드. 불뚝 선 병사들. 흰 수녀들. 재재바른 도마뱀의 행진. 여미한 눈동자. 배터리 같은 배리가 펼쳐지는 사랑의 침대. 광장에서 만났던 혁명. 리아스식 해안 같은 표정으로 나를 위해 울어준 사람. 떨어진 피. 내려오는 혀. 더 이상 사랑받을 가치가 없으므로 떠나서 죽을 수밖에 없는 나. 피의 순환. 당신은 정맥으로 입장. 세계의 끝에서. 단 하나의 선분으로 만

든 미로 위에서. 씨부랄. 이 세상의 영감탱이들. 괴물의 선
조들. 부활하는 공포 밑에서.

무모하다 사미(沙彌)여

이 병을 잃고 싶지 않아 옛사랑을 잊지 못해 환각이라도 좋아 상처를 간직하고 싶어 (마데카솔 따위는 바르지 않겠단 말이다) 사랑이 몸 깊은 곳에 갇혀 울부짖을 때 나를 강탈한 사람 나를 오려 버린 사람 나의 사랑 가루가 되었네 당신을 잊기 위해 나를 소거해요 광장에서 나를 태워 줘요

가리왕(迦利王), 쉴 새 없이 당신이

사출 방출 피로 결로 오늘 이후에 잊을 수 있을 것이다
나는 잃을 것이 무엇인지를 알지 못한다 우리는 여기에 없
다 회(灰)가 나를 기다린다 나는 회(悔)를 껴안는다

악과 곡

　사랑의 넝마를 만지네 당신은 어떤 미련도 지니지 않지 나의 울부짖음 듣지 않지 돌아간다는 다짐을 불에 지지지 사랑을 학살한 자의 악행에서 빠져나와 돌아보니 나를 지탱했던 분노 명징해지네 석별의 나날을 느리게 통과하는 중 DMZ:결국올것이왔다어떤상황이도래한다해도후회는없다고통이더명확해질것이다재회때문에 곡이 나를 휩쓸고 나를 지배할 때 베이는 쾌락 흐르는 피 피네 나의 피네 나를 긁어내는 곡 멈추지 않는데 나는 어디로 가나 사랑을 버리자 피네 피네 멀리 멀리 떠나가서 새로 맺을 인연을 매만지며 나는 울겠지 항구의 불빛 같은 당신 이마에 피는 피

파경

　　당신의 시(둠벙)를 읽으면서 시(눈동자)의 의미를 새
겨 보았습니다 미친 듯이 쓰고 싶을 때가 있습니다 쓰지
않으면 안 될 것 같은 순간도 있습니다 당신의 시(구멍)
에 내가 들어 있습니다

사랑은 덧없이 끝나고

저녁의 퍼지는 소음이 나를 갈아 버립니다 백색 공간에서 하나의 구멍(연못)이 되었어요 조금 뒤에 나는 구멍(눈동자)을 빠져나갈 것입니다 돌아가는 것입니다 플라워 카페에서 당신 앞에서 죄인 같은 몸으로 달궈졌습니다 부끄러웠어요 실패했으니까요 돌아가 밥 먹었어요 돼지가 되어 꿀꿀거렸습니다 식충식물처럼 당신을 먹어 댔습니다 그래야 버티지요

망질(望秩)

　　폐허에 어둠이 내려온다 저녁의 곡선 밑에서 그 사람
불붙는다 그 구멍에서 내가 삐져나온다 나를 믿지 못하여
나를 버린 사람 버려진 나와 내가 버린 사람 우리의 고통
때문에 최후의 죄와 벌이 완성된다

동통(疼痛)

　나는 나를 반역하기 위해 세계의 밑바닥에 닿기 위해
나를 파괴한다 망각은 한 번도 이뤄진 적 없다 마르는 그
얼굴을 바로 본다

잔디
잔디
금잔디

눈을 태우고 귀를 자르고 가슴을 찌릅니다 사지를 펴취
하는 짐승이 달려옵니다 나는 사라지기 위해 살았습니다
마지막 화염이 지상으로 쏟아집니다 불화살이 나를 뚫고
지났습니다 무덤마다 불이 붙습니다

염송(念誦)

나부터 봉쇄 나부터 붕괴

위엄 있는 그 모습 고요하네

나를 정화합니다 적은 나였어요 적은 나에게 기생하는
그 사람이었어요 다시는 이별하지 않겠다는 맹세 가루가
됩니다 쇳물에 몸을 던져요 실패한 사랑은 징벌해야 해요
죽어 가는 나의 눈을 보세요 눈앞의 모든 것을 흡입합니다
믿음과 희망이 도래하기 전에 그 사람 도려냅니다

아상(我相), 수련 잎에 떨어지는 빗방울

　검은 비 어룽거린다 그 몸을 소유하라 그 몸을 절취하라 그 몸을 노략하라 되돌리기 위해 움켜쥐기 위해 뚫고 나가기 위해 나를 격파한다 절멸의 시간 무릎 꿇고 대곡한다 나를 제거한다

이별 후의 이별

부스러진 내 몸의 수취(獸臭). 그라인더를 향해 날아가는 나비. 열렸다 닫히는 눈꺼풀. 단심(丹心), 으깨진다.

Dedicated to

고아의 비탄: Huun Huur Tu, Kaigal-ool Kovalyk의 목소리.
나의 영혼은 그녀에게 저항할 수 없다: Tracy Chapman, 「The
    Promise」.
검은 경전을 펼치다: King Crimson, 「Starless」.
환(煥), 환(歡), 환(喚): 신중현, 「봄비」.
폐멸: Tangerine Dream, 「Stratosfear」.
빈방의 햇빛: Leonard Cohen, 「I'm Your Man」.
살아야지: 김호중, 「천상재회」.

몸으로 쓰는 고통의 사제

조대한(문학평론가)

0.

언제나 오늘보다 아름다운 그때의 당신을 떠올린다. 그곳에 서 있는 당신은 봄꽃처럼 발개진 얼굴과 한결같이 쟁강거리는 눈빛으로 나를 바라본다. 우리의 시간을 온통 그곳에 매어 두고 당신은 무심히 나를 떠나간 듯하다. 가지 말라는 외침을 무심히 뒤로 흘리며 높아 닿을 수 없는 저 산령을 사뿐하게 밟고 당신은 사라졌다. 당신의 마지막을 태운 화목의 재 묻은 구름은 연짓빛 노을이 되어 불꽃처럼 하늘에 피고, 아무리 잡아매어도 붉은 울음으로 번진 햇물은 서녘 너머로 기울어 간다. 꽃 내 묻은 빗방울 하나 머리 위로 떨어지고 마른천둥만 때 이른 요령 소리처럼 울려 퍼진다. 이는 장석원의 다섯 번째 시집 속에 펼쳐진 '나'와 '당신'의 첫 풍경이다.

1.

어쩌면 삶은 시달림이 아닐까. 이생이 고통의 연속이라는 불교의 가르침을 받아들인다면, 삶의 다종다양한 고통의 양상들과 가장 잘 어울리는 술어 중 하나가 바로 '시달리다'인 까닭이다. 우리는 사랑에 시달리고 번민에 시달리며 누군가를 잃은 아픔에 시달린다. 이 단어는 어감상 순우리말일 듯싶지만, 실제로는 한자 '시다림(尸茶林)'에서 유래된 것으로 알려져 있다. '시다림'이라는 한자어는 산스크리트어 '쉬타바나(śīta-vana)'의 음차에 해당하는데, 이는 옛 인도 마가다국의 북쪽에 위치했던 어떤 숲을 가리키는 이름이다. 이 숲은 죽은 이들을 내다 버리고 시체들의 풍장을 치르는 공동묘지의 일종이었다. 일부 죄수들의 거주지까지 겸하게 된 그곳은 질병, 죽음, 공포 등이 뒤섞인 현세의 작은 지옥이었다고 전해진다. 한데 의아한 것은 속세의 고통을 압축해 놓은 듯한 그곳에 훗날 '시다림법사(尸茶林法師)'라고 불린 일군의 사람들이 찾아오기 시작했다는 것이다. 그들은 왜 굳이 지옥 구덩이 같은 그 고통의 한복판에 스스로를 몰아넣었을까.

그리고 여기 가혹한 고통에 자신의 몸을 던지는 한 시인이 있다. 그는 마치 고행하는 수도자처럼 진언을 외며 자신을 태우는 번민과 아픔에 제 몸을 기꺼이 내주고 있는 듯하다. "이 병을 잃고 싶지 않"다고 "환각이라도 좋"으니 그 깊은 "상처를 간직하고 싶"다고 시인은 말한다(「무모하다 사미(沙彌)여」). 그가 쓰라린 상처와 고통을 쉽게 지우려 하지 않

는 것은 아마도 그것들 모두가 사랑하는 '당신'이 남긴 흔
적이기 때문일 것이다. 「곽공(郭公)처럼」이라는 시편을 보면
떠나가는 '당신'을 지켜보고 있는 '나'가 등장한다. "당신이
지나간 자리에 생긴 구멍"이 커지고 커지다 끝내 터져 버리
고, 그 터진 구멍에서 진물이 "흘러넘치고 넘쳐 내 몸의 틈
이란 틈마다" 스며들어도, '나'는 그 상처의 악취가 '당신'의
체취라도 되는 양 기쁘게 받아들이며 속삭인다. 새봄 오후
의 꽃나무 향기 같은 그 체취를 "깊게 더 깊게 나의 흉중에
불어넣어 주세요". "사포"같이 달콤한 '당신'의 혀에 온몸이
긁힐지라도 '당신'이 남긴 것이라면 "붉게 이글거리는" "화
인"마저도 달게 받겠다고 '나'는 토로한다. 하지만 책임 없
이 아름다웠던 '당신'은 우리가 함께했던 버거운 시간들을
탁란처럼 모두 '나'에게 떠넘기고 사라져 버린 듯하다.

　'당신'의 잔여물마저 사랑하겠다는 절대적 굴종과 자신
에게 주어진 고통을 기꺼이 감내하는 수행자적인 태도에서
만해의 시가 생각나지 않을 수 없다. 그 절제된 형식과 언
어에서 배어 나오는 처연한 슬픔들에선 언뜻 소월의 그림
자가 비쳐지기도 한다. 2000년대 『아나키스트』의 장석원을
기억하고 있는 이들이라면 이러한 시적 변화가 조금 낯설
게 느껴질지도 모르겠다. 그러나 태도와 형식 면에서 그들
의 언어를 일정 부분 계승하고 있다 할지라도, 시인의 시가
품고 있는 어떤 집요함과 구체성은 그들의 것과는 사뭇 다
른 슬픔을 만들어 내고 있는 것 같다. 이 시집 속에 응축된
유다른 단장(斷腸)의 비애는 '당신'의 부재에서 비롯된 유구

한 서정의 슬픔을 또 다른 장으로 올려놓는다.

　　당신이
　　당신이 많아서
　　당신이 많아서 나는
　　당신이 많아서 나는 아프다

　　　　돌아온

　　당신이 많아서 나는 아프다
　　많아서 나는 아프다
　　나는 아프다
　　아프다

　　(중략)

　　당신 때문에 아픈데 당신은 나를 버리고 깊은 곳으로 이주했지만 그곳에서 아픔이 당신을 개어 버릴 때에도 나에게 돌아온다고 말하지 않겠지만 돌아만 온다면 나는 당신을 아프게 안겠지만 그때 당신은 나에게 찔려 천공이 될 것이다

　　말라 죽은 미루나무 같은 몸 나를 지나네

　　당신이 많아서 아프다

—「출발하는 얼굴, 도착한 뚫린 몸」부분

이 시편 역시 떠나간 '당신'의 기억을 구멍처럼 품고 있는 '나'의 모습을 그리고 있다. 인용한 구절은 그 처음과 끝의 일부분이다. "나를 버리고 깊은 곳으로 이주"한 '당신'의 기억을 '나'는 "복중(腹中)에 매장"한 채 살아가고 있다. '당신'의 모습들이 너무 많고 많아서, "내 몸"의 체적은 속속들이 그 커져 가는 구멍 속으로 빨려 들어간다. "말라 죽은 미루나무 같은 몸"과 달리 '당신'은 '내' 배 속에서 복수처럼 점점 부풀어 오르고, '내'가 겪어야 할 아픔 또한 그에 비례하여 더욱 커져만 간다. 역시나 주목해 봐야 하는 것은 그 고통이 자발적인 반복에 의해 더욱 중첩되어 자라나고 있다는 사실이다. 형식상으로도 드러나듯 그 고통은 분명 '당신'으로부터 출발한 것이지만, "돌아온" '당신' 때문에 더 선명히 응축된다. 시인은 다음과 같이 울부짖는다. **"고통이더 명확해질것이다재회때문에"**(「악과 곡」).

물론 그 재회와 반복은 떠나간 '당신'의 복귀라기보다는 끓어넘치는 아픔을 몸으로 통과하며 떠올린 '당신'과의 만남에 가까울 것이다. '내' 안에 다 품을 수도 없을 만큼 늘어난 '당신'의 얼굴은 서로 얽히고 뒤섞여 이제는 그 모습마저 흐릿하게 개어져 버린 듯하다. 그럼에도 '나'는 닳고 닳아 얼굴마저 흐물거리는 '당신'을, "내가 간직한 당신의 일부"를 "잘린 도마뱀의 꼬리"처럼 키우고 또 키워 나간다(「빈방의 햇빛」). 괴물처럼 증식하여 '나'를 잠식한 이 구멍 역시 '당신'에게서 기인한 것은 사실이지만 '나'의 오랜 시간과 고된 반복으로 새로이 그 형상을 갖추게 된 듯싶다.

　시인이자 철학자인 쇠렌 키르케고르는 콘스탄틴 콘스탄티우스라는 익명의 이름으로 『반복』이라는 책을 쓴 적이 있다. 그 책 속에는 한 여인을 죽도록 사랑하는 무명의 청년과 그를 관찰하는 콘스탄티우스가 등장한다. 무명의 청년은 여인과 처음 사랑에 빠졌을 때의 감정이 너무나도 강렬했던 나머지, 행복했던 첫 순간을 떠올리며 그 과거만을 되새김질한다. 콘스탄티우스는 이 같은 청년의 사랑을 '회상'의 방식이라 칭하며, 진정한 사랑이란 '회상'이 아닌 '반복'의 형식을 지녀야 한다고 말한다. '회상'이 과거만을 향한 것이라면 '반복'은 과거와 미래를 동시에 향한 것이기에, '반복'은 뒤가 아니라 앞을 향해 수행되어야 한다고 그는 큰소리로 주장한다.

　그의 말을 잠시 빌린다면 진정한 사랑은 '당신'이라는 과거의 절대성에 묶여 있을 때가 아니라, 훗날 중첩되는 시간과 반복되는 언어들에 의해서만 탄생한다고 말할 수 있을 것 같다. '당신'의 말간 얼굴에서 시작된 '나'의 사랑 또한 피와 울음에 누차 시달린 '나'의 몸과, 진득하게 눌어붙어 곰삭은 시어에 의해서만 배양되는 종인 듯하다. "내 몸"에 "그 사람의 복수(腹水)"가 차오르다 터져 "팽만한 눈알 밖으로 날아"갈 때, 익숙했던 '당신'이 "내 몸 안에 살고 있는 다른 사람"이 되어 다시 돌아올 때(「바늘처럼 눈빛이 묻었다」), 그 사랑은 가까스로 '나'에게 다다르는 듯싶다. 오랜 시간을 지나

이곳에 새로이 도착한 소월과 만해의 '님'처럼, 애달픈 '당신'처럼.

2.

지금껏 살펴보았듯 한쪽에 "피(皮) 속의 살"과 그 "육(肉) 속의 즙(汁)"으로 응축된 고통의 세계가 있다면(『솔직한 과일』), 시집의 다른 한쪽에는 번뇌와 고통의 불을 꺼트림으로써 도달할 수 있는 어떤 멸도(滅度)의 세계가 제시되어 있다. 「위엄 있는 그 모습 고요하네」라는 작품을 보면 고뇌의 번잡함에서 벗어나 고요의 세계에 이른 혹은 이르고자 하는 '나'의 모습이 그려진다. '당신'과 다시는 이별하지 않겠다는 맹세는 가루가 되어 흩날리고, 혹시나 하는 "믿음과 희망이 도래하기 전에" '나'는 쓰라린 '당신'과의 기억을 도려내려 한다. 주목해야 하는 것은 제거될 대상이 '나'에게 기생하는 "그 사람"일 뿐만 아니라, 그를 품고 있는 '나'이기도 하다는 점이다. '나'는 불경을 되뇌듯 말한다. "나부터 봉쇄 나부터 붕괴"(『염송(念誦)』).

검은 비 어룽거린다 그 몸을 소유하라 그 몸을 절취하라
그 몸을 노략하라 되돌리기 위해 움켜쥐기 위해 뚫고 나가
기 위해 나를 격파한다 절멸의 시간 무릎 꿇고 대곡한다 나
를 제거한다
　　　　　—「아상(我相), 수련 잎에 떨어지는 빗방울」 전문

위 시편에서는 "그 몸"을 '소유하고 절취하고 노략하라'는 누군가의 명령이 반복된다. 이는 여러 함의로 해석되겠지만 시의 내용을 축어적으로 따라가 본다면, '몸'에 대한 주체성을 되돌리기 위해서는 '나'를 깨트리고 제거해야 한다는 의미로 일단 받아들여진다. 본디 '아상(我相)'은 진정한 '나'에 집착하는 견해를 일컫는 불교 사상(四相) 중의 하나인데, 브라만교에서 영원불변의 실체로 여기는 '아트만(ātman)'을 부정적으로 바라보며 나온 개념이다. 물론 이 같은 무아론의 논의가 동양철학 내에 한정된 것은 아니다. 주지하다시피 라캉 또한 본인의 주체론을 설명하면서, 거울에 비친 완벽한 이미지를 자기 자신과 일치시키는 것을 오인된 자아상의 구성이라 간주하여 비판적으로 논의한 바 있다. 이 논의들을 참조한다면 위 시편 속 '아상'은 타파해야 하는 '나'의 그릇된 모양이나 허상 정도로 비교적 선명히 읽힌다.

여기서 보다 흥미로운 것은 깨트려야 할 '나'의 모습이 "수련 잎에 떨어지는 빗방울"로 형상화되어 있다는 점이다. 이는 수면의 파문에 불과한 '나'의 허황된 실체를 강조하는 형상이기도 하지만, 혼재되고 뒤섞인 "그 몸" 안에서의 '내' 유동적인 상태 변화를 잘 드러내는 이미지이기도 하다. 이 같은 액체의 이미지는 시집 전반에 걸쳐 되풀이된다. 가령 「환(煥), 환(歡), 환(喚)」 같은 작품을 보면 '나'를 녹아 흐르게 하는 외부 자극으로써의 봄비가 등장한다. 봄에 피어난 아름다움을 낙화시키며 "세상의 모든 꽃잎을 눈물로 바꾸는" 그 애상의 빗방울들은 "내 몸" 위에도 "세침(細針)"처럼 떨

어져 "세상에 내던져진 나의 외부에 혼자를 새기"어 놓는
다. 그 봄비는 '내' "안으로 안으로 밀려"들어 와 조금씩 '나'
를 적시고 끝내 허물어트린다. 그러니까 이때의 봄비는 지
나간 '당신'의 얼굴을 환기시키는 매개체이기도 하지만, 그
시간들을 태우고 "이멸(夷滅)"시키는 "환한 멸망"의 불꽃이
자 '내' 존재를 녹이는 "염산 같은 빗방울"(「8월의 비」)이기도
하다.

　인지학(人智學, anthroposophy)을 주창했던 루돌프 슈타이
너는 인간 존재를 바다에서 떨어져 나온 물방울에 비유한
바 있다. 그의 주장은 다소 신비주의적인 뉘앙스를 띠고 있
긴 하나 자아를 지닌 개별자의 감각이 녹아 사라진 저 너머
에 실재하는 거대한 액체의 이미지를 참조한다면, 지금 이
곳에 놓인 개별자로서의 인식을 녹여 없앴을 때 '나'는 무아
의 세계에 융해된다고 말할 수도 있을 법하다. 그러니 빗방
울처럼 어룽거리는 '나'를 벗어던지고 고요의 피안으로 넘
어가기 위해서는 고통스러운 '당신'의 상처에서 애써 분리
될 것이 아니라, 그 비애와 슬픔으로 흘러넘치는 '당신'의
바다 한가운데로 뛰어들어야 하는 것이 아닐까. "나를 정
화"하고자 하는 시인은 오늘도 '당신'이 만든 그 "쇳물에 몸
을 던져" 넣는다(「위엄 있는 그 모습 고요하네」).

3.

　이처럼 이번 시집 속엔 번뇌와 고통이 눈물처럼 끓어넘
치는 '유루(有漏)'의 세계가 있고, 그 고뇌의 웅덩이를 통과

하여 도달할 수 있는 맑은 '무루(無漏)'의 세계가 있다. 문제
는 양쪽이 너무 멀고도 가까이 겹쳐 있어 손쉽게 구분되지
않는다는 점이다. 「사랑은 덧없이 끝나고」라는 작품을 보
면, '나'는 생의 소음이 무화된 듯한 "백색 공간에서 하나의
구멍(연못)이 되었"다가 이내 다시 그 "구멍(눈동자)을 빠
져나"간다. 그 구멍은 "내 몸"에 새겨진 "당신의 시(구멍)"
이기도 하지만, 그 화인 같은 문장들을 거치며 완성된 '나'
의 "시(눈동자)" 세계이기도 하다(「파경」). 이처럼 양쪽 세계
는 대개 눈동자로 표상되는 '내' 몸속의 구멍을 사이에 두고
안팎으로 긴밀히 맞닿아 있다.

　「단치히(Danzig)」라는 작품 속에는 한적한 오후 2시 즈음
벤치에 앉아 책을 읽고 있는 한 노인이 등장한다. 생의 고
락이 모두 스쳐 지나간 양 초탈해 보이는 그 풍경은 밝은
하늘 아래 또렷이 빛난다. "그 사람의 그날 그 나이가 된 나
는 사랑마저 실패한 군소 시인"이다. 한데 눈을 감았다가
뜨자 그 선명했던 빛과 삶의 누적들은 갑작스레 모두 사라
져 버린다. '나'와 "그 사람"이 겪었던 열정과 사랑, 경멸과
동정, 배신과 욕정, 술과 꿈들은 눈동자 어딘가의 "비문(飛
蚊)처럼 망막에서 흩어진다". 유심히 바라보지 않으면 쉽게
희미해지는, 아니 오히려 자세히 쳐다보려 하면 더욱더 멀
어지는 유리체 속 비문들처럼, '나'와 "그 사람"이 쌓아 올린
생의 흔적과 생생했던 고통들은 어느덧 아물거리는 기억이
되고 말았다. "나는 묻는다, 그 사람이 좋아했던 것은?" 얼
떨떨하게 "나는 되묻는다, 그 사람이 나인가?"

세계의 경계를 넘어서는 전환 내지는 자아와 무아의 바다를 횡단하는 이 같은 단절의 순간은 인지과학(認知科學, cognitive science)의 영역에서도 그 비슷한 이미지를 찾아볼 수 있다. 프란시스코 바렐라는 물리학 내에서 존재의 기원을 논의할 때 종종 거론되는 원시 수프를 배경으로, 새로운 개체와 세계가 탄생하는 순간에 대해 이야기를 남긴 적이 있다. 그는 외부와 자신을 구분 짓는 일종의 '막'을 존재의 시작점에 가져다 놓는다. 얇은 눈꺼풀을 사이에 두고 뒤바뀌는 '유루'와 '무루'의 세계처럼, 세포 혹은 생명체는 외부와 분절되는 희미한 '막'을 경계로 하여 자신만의 독자적인 세계를 탄생시킨다는 것이다. 그의 논의를 잠시 빌려 보자. '나'와 '당신'의 세계가 실로 "열렸다 닫히는 눈꺼풀" 하나를 사이에 두고 겹쳐져 있는 것이라면(「이별 후의 이별」), 그들은 서로에게 애써 떠올려도 잘 떠오르지 않는 지난밤의 꿈이거나 기억이 소거된 인연들로 묶여 있는 이생과 후생의 모습들이라고 말해 볼 수도 있지 않을까. 이 작품을 포함해 시집 내에서 종종 등장하는 '나비'라는 소재는 그러한 추측에 더욱 힘을 실어 준다.

그러니 '나'와 '당신'의 두 세계는 눈을 한번 깜빡이면 뒤바뀔 수 있을 정도로 가까우면서도, 망각의 강을 건너야 도달할 수 있을 만큼 멀리 놓여 있다. 그곳은 한없이 차오르던 '당신'이 "비등점에 가까워"져 다른 존재로 기화된 이후에야, "눈물이 마"르고 더 이상 "흘릴 것이 없"어진 '내'가 "나를 죽이고 다른 나를 데려온" 뒤에야 건너갈 수 있는 또 다른 세계인 듯싶다(「곡산에서 대곡으로」). 신화 속 이능의 지혜를 얻은 무수한 예언자들이 그러하듯이, 한 세계의 폐제와 다른 세계로의 개안은 그렇게 동시에 일어나는 듯하다.

4.

이 두 세계의 병행은 시의 내적 논리뿐만 아니라 여러 외적 형식들에서도 발견된다. 가령 「네 개의 눈을 가진 기계」라는 시편을 보면, 본래의 시에 더해 별도로 진행되는 또 하나의 시가 겹눈처럼 나란히 배열되어 있다. 병렬 삽입된 작품은 이상의 시 「오감도」의 일부이다. 소화기관을 겨눈 총구의 이미지가 그려진 시 제9호와 거울 속 이면의 '나'가 등장하는 시 제15호를 함께 제시함으로써, 이 작품은 서로의 내장이 훤히 들여다보일 정도로 근접해 있으면서도 멀리 떨어진 '너'와 '나' 사이의 외밀함(外密, ex-timacy)을 보다 효과적으로 드러낸다. 또 「검은 항적(航跡)」이라는 시편에서는 비행기가 흩트려 놓은 구름의 잔여물처럼 깨지고 흐릿해져 가는 '당신'의 이미지가, 저 너머 어딘가에서 송신된 희미한 모스부호의 형식으로 점점이 나열되어 있다. 시의 여백에 다른 세계의 목소리가 겹쳐 있는 이 같은 형식은 「런 라이크 헬(run like hell)」「장맛비와 지게차」「상호 의존적인, 경험, 물방울, 사람」「무감각」「크레모아」 등 제4부의 여러 시편들에서 반복적으로 나타난다.

당신 빗방울, 고이는 당신

내 몸은 당신을 담는 용기

사랑도 당신도 넘친다

> 떠나라, 떠나라, 흘러가라,
> 거리를 지우고, 너머 너머로
> ─「폴리리듬(polyrhythm)」 부분

위 시편 속에 형상화된 '나'는 오롯한 단독자라기보다는 '당신'의 기억을 부분씩 나눠 가진 연속체에 가까운 것 같다. "내 몸은 당신을 담는 용기"에 불과하다. 오목한 '나'의 구멍 위에 '당신'은 빗방울처럼 내려 이곳저곳 움푹한 웅덩이를 만들어 놓는다. 그렇게 오래도록 내리고 차오르다 보면 "사랑도 당신도 넘"쳐 '나'의 공간은 점점 사라지고, 어느덧 "나는 존재한 적이 없고" "사랑의 주체가 된 적 또한 없"는 무언가로 화한다. 너머로 떠나라는 누군가의 정언명령을 따라, '나'는 용해된 액체가 되어 스스로를 지운 채 어딘가로 하염없이 흘러가는 듯하다.

둘 이상의 리듬이 동시에 진행되는 "폴리리듬"이라는 제목과 위 인용구에서 짐작할 수 있듯, 이 작품은 서로 직접 만나지 않는 두 세계의 발화가 좌우로 나란히 배열된 형식을 띠고 있다. 생략된 시의 전반부에는 "나는 너를 너를 만들어 낸다", "나는 나는 너를 만진다" 등의 동일한 시어가 연이어 제시된다. 이 메아리와도 같은 반복은 '나'와 '네'가

공유하고 있는 구멍이 그만큼 유사한 파장으로 겹쳐 있다는 뜻이기도 하겠지만, 희미한 잔향으로만 간신히 알아차릴 수 있을 정도로 '나'와 '너'의 목소리가 멀리 떨어져 있다는 의미이기도 할 것이다. '나'는 불규칙하게 "흔들리는 찻간"의 얼룩과, 잠시 스쳐 가는 "귀갓길의 석양 속에서"만 희미한 비문처럼 명멸하는 '너'의 흔적을 본다.

별도의 독립적인 발화가 겹쳐 있는 작품의 형식이나, "창문을 세상의 눈이라고 여"기며(「폴리리듬」) 너머에 있을 '당신'의 흔적을 찾는 '나'의 모습들은 모두 기본적으로 메타적인 시선을 전제하고 있다. 그것은 '내' 안에 있는 '당신'이 일정한 '막' 너머에 존재하고 있다는 의미일 것이다. 동명의 제목을 지닌 「나는 카메라이다」라는 연작시 또한 전능한 관찰자로서의 '나'보다는, '내'가 렌즈 바깥에서 '당신'을 비출 수밖에 없는 제한된 존재자임을 더욱 부각하고 있는 듯하다.

이 같은 거리감과 제한된 주체성은 시어의 형식에서도 부분적으로 드러난다. "손톱 갈라지고" "가시 돋아난다" "껍질 벗겨진다"(「적구(赤狗)처럼」), "검은 물/나를 적신다" "수면/부드럽게 빛난다" "그 사람 흥건하다"(「밀봉」) 등 시집 속에서 반복되고 있는 이 같은 주어와 술어의 시어들은 아마도 절제된 형식과 특유의 리듬을 위해 조탁된 것이겠지만, 의식적이든 무의식적이든 대부분 주격조사가 생략되어 있다는 점에서, 대상과 멀리 떨어진 채 그 모습을 관찰하는 묘한 거리감과 주체성이 무화된 눈으로 세계를 조감하고 있는 '나'의 희미한 무력함을 동시에 전달하기도 한다.

5.

　마지막으로 눈길이 가는 또 하나의 요소는 흥미롭게 배치된 제5부의 구성이다. 시집 『유루 무루』는 0에서 4까지의 챕터 진행을 순차적으로 이어 가다가, 제5부에 이르러 01에서 05까지의 연번으로 분할되어 다시 소챕터를 진행해 나간다. 앞서 언급된 「나는 카메라이다」라는 제목의 연작시가 분할된 소챕터의 서두에 각기 의도적으로 배치되어 있는 것을 떠올려 본다면, 제5부는 카메라에 비친 세계 속의 세계 혹은 창문 바깥에 존재하는 저 너머의 세계를 형상화하고 있는 것인지도 모르겠다. 그래서일까. 제5부의 작품들은 「폐허에 비 내리네」 한 편을 제외하곤 모두 행갈이를 단 한 번도 하지 않은 단형의 시편들이고 그 발화 길이 또한 상대적으로 짧은 편이다.

　단 두 문장으로 이루어진 「시멸(示滅)」이라는 시편을 보면, '당신'의 구멍을 넘나드는 고통스러운 바람과 그에 베어 먹혔던 '나'의 모습이 그려진다. '나'는 그 고뇌의 생을 응축한 부도(浮圖) 앞에서 지나간 기억들이 담긴 과거의 문장들을 읽는다. 과거를 지나 다시 마주하게 된 그 과거는 이전과는 조금쯤 다른 파토스를 지닌 듯 보이고, '나'는 "시멸"이라는 제목처럼 고통의 불이 꺼져 가는 그 순간의 세계를 담담히 지켜보고 있는 듯하다. "과거가 튕겨 낸 내가 돌아"와 다시 '나'와 마주하게 되는 그 세계는 지금까지의 생이 끝나는 곳, 새로이 눈을 뜨는 곳, 이전과는 다른 우리들의 얼굴이 펼쳐지는 곳인 것만 같다(「이곳은 끝나는 곳 눈을 뜨는 곳 얼굴이 펼쳐지는 곳」). 그곳은 "목면(木面)을 깎아 내는 대팻날"로 "나의 낯 밑에 숨어 있던 다른 나의 낯"을 대면하는 장소이 자(「독송(讀誦)」), "나를 먹었"던 "당신을 가르고" 나온 내밀한 바깥의 세계이다(「사랑의 힘」).

　　부스러진 내 몸의 수취(獸臭). 그라인더를 향해 날아가는
　　나비. 열렸다 닫히는 눈꺼풀. 단심(丹心), 으깨진다.
　　　　　　　　　　　　　　　　　　　 —「이별 후의 이별」 전문

　시집의 절정을 이루는 마지막 시편이다. "내 몸"은 '당신' 이 파놓은 깊은 구멍과 날카로운 바람의 혀에 찢기고 찢겨 산짐승의 피 냄새를 풍기는 듯하다. 하지만 붉은 꽃향기에 취해 날아드는 '나비'처럼, '나'는 제 안의 날카로운 구멍을 향해 맹목적으로 날아든다. 열고 닫히는 눈꺼풀처럼 크게 벌어졌던 그 상흔이 입을 다무는 순간 붉게 물든 '나'의 마 음은 모두 으깨어지고, 아름답게 빛나던 고통 또한 마른 비 명을 삼키듯 사라질 것이다. 그제야 '나'는 비로소 부서지고 파괴된 '나'를 만나게 될 것이다.
　이 같은 '나'의 변화 및 형성 과정과 관련하여 안토니오 다마지오는 그 출발점에 '느낌'이 놓여 있다는 주장을 한 적 이 있다. 좀 더 편안하고 좋은 '느낌'의 상태를 향해 스스로 를 상향 조절해 나가는 생물의 항상성이 박테리아에서 고 등생물까지 모두 발견되는 생명의 근본적 메커니즘이라는 것이 그의 논지이다. 다마지오의 말을 조금 부풀려 말해 본

다면, '나'라는 존재는 별다른 실체 없이 몸의 느낌과 항상성의 명령을 따르는 인형 같은 존재에 불과할지도 모르겠다. '나'의 원형이 실체 없이 텅 비어 있다는 이 유물론적 설명은 '빗방울'과 같은 '아상'을 지우고자 했던 불교의 무아론과 일정 부분 맥을 같이하기도 한다.

그럼에도 미처 다 설명되지 않는 것은 편안한 '느낌'을 추구하라는 종의 명령이 아닌, 괴로운 고통의 불꽃에 몸을 던지는 시인의 기이한 항상성이다. 시인은 그 기나긴 '나'의 여정이 자신의 실체를 허무는 고된 길임을 알고 있음에도 불을 보고 달려드는 각다귀처럼, "그라인더를 향해 날아가는 나비"처럼, 지옥의 구덩이에 스스로를 내던지는 '시다림'의 수행자들처럼 고통이 흘러넘치는 그 절멸의 구멍 속으로 다시금 한 발짝 나아간다. 자기 생을 보존하려는 유기체의 관점에서 바라본다면 기행종이라고 말할 수밖에 없는 이 기이한 존재들에게 "사랑"이란 "불길에 휘감기는 오래된 상처"이고, 그 사랑의 크기를 키워 가는 "시간"은 "죽음을 분배하는 무서운 질병"으로 추앙받는 듯싶다(「Tempus fugit, amor manet」).

떠나간 '당신'을 보며 속수무책으로 맞이해야 했던 경험이 '나'의 첫 이별이었다면, "내 몸"에 남은 '당신'의 흔적을 직접 파내고 또 파냄으로써 그곳에서 벗어나게 되는 순간은 '내'가 스스로 만드는 두 번째 이별이라고 불러도 되지 않을까. 그러니 그 "이별 후의 이별"과 등치되는 눈물 없을 '무루'의 세계는 의식이 으깨어지고 고통이 흘러넘치는 '유루'의 세계를 통과해야만 겨우 다다를 수 있는 곳이다. 장석원의 이 다섯 번째 시집 속엔 그 이별을 위해 붉은 짐승처럼 자신을 파헤친 자의 체취가, '당신'이 가른 배 속에서 끓어넘치던 고통을 모두 견딘 이의 말라 버린 눈물이, 삭히고 삭히다 결국 자신이 부스러진 자의 고요한 언어가 담겨 있다.